天壹文化

以声替词文学：分裂人类命运

寻找中国之美

少年江南行

（上册）

傅国涌 著

天地出版社 | TIANDI PRESS

前　言

何处是江南？

江南是地理上的，更是文化上的。生于江南、晚年回到江南的木心曾说有两种江南，一种是有骨的江南，一种是无骨的江南。比他更早，同样生于江南的鲁迅1935年9月1日写信对萧军说："我不爱江南。秀气是秀气的，但小气。"他不爱的是那个小气的江南。

而在我看来，江南固然有小气的一面，却也有大气的一面，就说绍兴吧，王羲之[①]的书法是大气的，陆游的诗是大气的，提出兼容并包的北大校长蔡元培是大气的，鲁迅自己的许多文章也是大气的……不必说烟波浩渺的太湖是大气的，年复一年八月十八的"天下第一潮"是大气的，就是王国维、钱穆的学问也是大气的，较早走向世界的中国人之一薛福成是大气的，朱生豪翻译的莎士比亚剧作是大气的，荣氏兄弟的事业是大气的，金庸的武侠小说是大气的，蒋百里在军事上的见地是大气的，甚至徐志摩在海滩上种花的孩子气、傻气也显出了几分大气。

有骨的江南与无骨的江南并存，大气的江南和小气的江南并存。我想带童子们寻找的是大气的江南、有骨的江南，而不是小气的江南、无骨的

[①] 山东临沂人，后定居绍兴。

江南。一路走来，从杭州到无锡、嘉兴、绍兴，还有富春江、白马湖、雁荡山……我们找到了一个有骨的江南，找到了一个不仅秀气、小气而且大气的江南。

如果说王国维、蒋百里、徐志摩、金庸这些海宁人是"天下第一潮"捎向人间的精灵，挟着天地日月的精华，那么钱穆、钱锺书、顾毓琇和荣氏兄弟则是八百里太湖孕育出来的。他们身上的气象与他们家乡的江湖海潮是匹配的，一方水土养一方人，我相信这句话。

2019年5月，我和童子数十人到了无锡。早在十二年前，我曾看过梅园的梅花如雪，也看过太湖的落日如金。这次重来，没有看见落日，却看到了孤鹜。十二岁的付润石写下了《太湖孤鹜》：

无数的人消失在历史的后门，又有无数的人走出前门，迎来胜利或失败。天地苍茫，人世百态，有的人胜利，有的人失败，可他们在太湖中又何曾留下了游丝般的痕迹呢？

孤鹜继续飞着，不屑地看着它们：吴越之争？锡山之战？也许只有山间之明月、湖上之清风才是永恒的。

在太湖的柔波中，我再一次希望自己是一只孤鹜。

我最神往的还是没有去过的荡口古镇，因为读钱穆的《师友杂忆》，其中说到他的小学时代，他们的音乐老师华倩朔每周自苏州城兼课回来，船穿过整个荡口，镇上人岸上围观，"俨如神仙之自天而降"。这个画面如此之美，曾经一次次地打动过我，这种美不仅是江南水乡的美，教育的美，更有一种说不出来的文明教化的美。

相距一个多世纪，我们走进荡口，水依然，船依然，街巷依然，只是华先生和少年钱穆的身影早已消失，只留下一个小小的钱穆旧居，我们就在那个庭院上课。十岁的袁子煊被角落里的酢浆草吸引，写下了一篇习作《不起眼的努力》，他想到了少年的钱穆，也曾和这簇酢浆草一样不起眼地努力着。

2019年10月，我和童子们到了嘉兴海宁，此行终于可以看到向往已久的海宁潮了。因为2017年10月7日，国语书塾童子班开班第一课，恰逢农历八月十八，那一课就是与"天下第一潮"对话。当看着一线潮呼啸而来，他们想到的是"吞天沃日"，是"郡亭枕上看潮头"，是"十万军声半夜潮"……他们的习作，如赵馨悦的《海宁潮，天人合一》、曾子齐的《潮魂》、郭馨仪的《观潮》、付润石的《问潮》等，都写出了自己那一刻最真实的体验，和长久以来的向往。十一岁的曾子齐说，王国维的潮魂是银色的，徐志摩的潮魂是黄色的，金庸的潮魂是七彩的。十二岁的郭馨仪说：

潮水走了，并没有回头。我眼望浮沉的泡沫、浑浊的江水，心中却是白茫茫的一片。规则，规则，知道规则的人都成了一曲《广陵散》，而新一轮的美学游戏，又要开始了。

我想说，童子们笔下的母语是大气的、有骨的，正如他们和我一起找到的那个江南是大气的、有骨的。

在江南，童子们一路走来，读着，背着，写着，演着。在无锡顾毓琇纪念馆，他们演绎了顾毓琇创作的《岳飞》。在嘉兴朱生豪故居的庭院里正开花的桂花树下，他们演绎了莎士比亚的《哈姆雷特》。

  我深信，被大气的江南、有骨的江南浸润过的童子，不仅会写出大气的母语、有骨的母语，也会成为大气的少年、有骨的少年，就如吴梅为北大二十周年写的校歌中说的"文章气节少年人"。

傅国涌

2020年11月写于杭州国语书塾

目　录

一、烟波浩渺八百里——太湖篇 1

二、功成身退一扁舟——蠡湖篇 27

三、少年心事有谁知——钱穆与荡口篇 43

四、一生知己是梅花——梅园篇 72

五、泉眼无声琴有声——惠山篇 94

六、书里书外皆寂寞——钱锺书篇 123

七、大树对门飞鸟闲——顾毓琇篇 145

八、风声雨声读书声——无锡篇 168

一、烟波浩渺八百里——太湖篇

先生说

我们现在来到了太湖鼋（yuán）头渚。太湖很大，号称"八百里太湖跨三州"，围绕着太湖的有湖州、苏州、宜兴、无锡等城市。自古以来，许多诗人写过太湖，我们先读一下唐代诗人王昌龄的《太湖秋夕》：

太湖秋夕
（唐）王昌龄

水宿烟雨寒，洞庭霜落微。
月明移舟去，夜静魂梦归。
暗觉海风度，萧萧闻雁飞。

现在既不是秋天，也没有雁在飞，我们看到的太湖跟王昌龄看到的完全不一样。

我刚才问了大家一个问题——你们觉得太湖跟西湖相比，最大的区别是什么？有人说太湖大、西湖小，这是面积方面的比较。历来写太湖的诗不算少，但没有令人难忘的。我们再来读一首：

太　湖
（宋）范仲淹

有浪仰山高，无风还练静。
秋宵谁与期？月华三万顷。

　　范仲淹的《岳阳楼记》让我们对洞庭湖向往不已，这首有关太湖的诗也写得好，只是缺了些什么，感觉太湖的特点不是那样鲜明，难以让人印象深刻。太湖烟波浩渺，周围又都是江南繁华之地，可是，唐宋以来并没有留下什么特别的诗文名篇给太湖增色，这是它最大的遗憾。一个水域，如果没有历代的人文积累，像西湖那样，有白居易、苏东坡、杨万里他们一代代留下的诗，面积再大，在人文的意义上也只是一个小湖。大家知道太湖为什么叫太湖吗？（童子：比大湖大一点。）这个说法很可爱，比大湖大一点，"大"字加一点就变成了"太"。太湖虽大，但是与西湖比，它缺少历代以来的人文积淀，没有那么多好诗好文留给我们诵读。明代诗人文徵明也写过一首《太湖》，大家先来读一下：

太　湖
（明）文徵明

岛屿纵横一镜中，湿银盘紫浸芙蓉。
谁能胸贮三万顷，我欲身游七十峰。

天远洪涛翻日月，春寒泽国隐鱼龙。

中流仿佛闻鸡犬，何处堪追范蠡（lí）踪。

所谓太湖有"三万六千顷、七十二峰"，就是文徵明诗中的"谁能胸贮三万顷，我欲身游七十峰"。他们的诗也不能说写得不好，只是不传神。一千多年来，太湖最大的遗憾，也许就是没有等来一首特别的好诗。

唐宋元明清，我一路捋下来，努力想寻找关于太湖的好诗，却找不出来，这跟西湖完全不一样。太湖与西湖的距离，主要是审美上的，而不是空间上的大小。两个湖之间真正的距离是审美带来的。人与人之间的距离也是审美上的，一个人的审美能力决定了自己跟他人的不同。一个民族与另一个民族的距离，在审美上也可以区分出来。

在太湖讲课

我们看太湖，也要以审美的眼光来看。在白话文时代，有没有可能写出关于太湖的好文章？1924年，作家成仿吾曾来无锡看太湖，他是重要的文学社团"创造社"发起人之一，他写了一篇《太湖纪游》，我们先来读一段：

> 转瞬之间，我们已经发现了自己完全在一个水的世界，我们刚才所离开的岸与岸上的湖神庙已经远隔着浮在那边。我们是在水天之间徙倚。我环顾湖山，日本濑户内海的风景无端又显出在我的前面。那是七八年前的事。在一个春假中，我与爱牟曾在这明湖一般的内海畅游过一次。那明媚的风光，至今还不时来入我的清梦。只是鲜明的程度一年不如一年了。我竭力想捕住当年的情景，然而在我眼中显出的，只是一些模模糊糊的幻象。清风徐来，把我眼中的幻象也吹得像湖水一样激荡不宁，却使我想起了歌德的《湖上》……

作家成仿吾来到太湖，发现自己"完全在一个水的世界"——现在我们也完全在一个水的世界——在这个水的世界里面，他产生了相关的联想。他想到了他去过的日本濑户内海，同样是水天之间，难忘的明媚风光。清风徐来，他又想起了德国诗人歌德的一首诗《湖上》。

濑户内海跟太湖有关系吗？没有关系。歌德的诗跟太湖有关系吗？歌德可能都不知道中国有个太湖。但是，当成仿吾站在这里，被太湖的水牵引着，离开他眼前的太湖，他想起了日本濑户的内海，那是他熟悉的另一个水的世界，属于他的游历经验。歌德的诗《湖上》也是他熟悉的，属于他的阅读经验。他把这些都带到了笔下，他的文章一下子就有了一个更大的空间，不仅仅停留在眼前所见的水，凡是跟水有关的，都可以连接在一起。为什么日本的濑户内海可以在这里出现，歌德的诗《湖上》可以在这里出现？因为它们都与水的世界有关，水的世界让这些完全不同的经验，从他的亲身经历到文学阅读，都可以贯通。因此，从太湖我们也可以想到西湖，或其他的湖。我们刚才读的那段文字前，作者还有一番话，我们把它读出来：

> 我们曾从车上望见有几片孤帆在远处的水天之间倾欹，但是湖边的水却很平静。湖中的鼋头渚在招引我们，犹如神怪小说中的仙岛。当我们离开湖边的时候，我们觉得好像是能够离开了这现在的世界，向着一个新的可惊异的世界在走；我们被一种不知从何而来的希望萦绕着，舟子的橹声是异常轻快而果敢。

成仿吾在来到太湖鼋头渚之前，就已经开始想象——这是个"犹如神怪小说中的仙岛"。他是怀抱着希望来的，可是他真正到达以后，却没有说他在太湖看见"一个新的可惊异的世界"，而是想起了七八年前日本濑户内海的风光，然后一句"清风徐来"转向歌德的诗。"清风徐来"——你们马上想到了什么？（童子：清风徐来，水波不兴。）你们想到的是苏东坡，而熟悉歌德作品的成仿吾想到了歌德的《湖上》这首诗：

> 新鲜的营养，新的血液，
> 我吸自自由世界；
> 自然是多么温柔亲切，
> 她把我拥在胸怀！

湖波在欸乃橹声之中
摇荡着轻舟前进，
高耸到云天里的山峰，
迎接我们的航行。

眼睛，我的眼睛，你为何低垂？
金色的梦，你们又复回？
去吧，美梦！任你如黄金：
这里也有爱和生命。
…………

　　成仿吾接着写道："我默念到这里时，怎么也不能再念下去。歌德真是太幸福了。他虽是辞别了心爱的人而来，然而他的澄明的心境常能从大自然中发现新的爱情与新的生命。到处飘流的我却只能在朝雾一般消残了的梦境中搜寻我的营养。"
　　由眼前的湖他想到歌德诗中的湖，由歌德的命运又想到自己的处境。然后他又回到眼前的太湖，我们接着读：

　　隐忧一来，我眼前的世界忽然杳无痕迹了。一片茫漠的"虚无"逼近我来，我如一只小鸟在昏暗之中升沉，又如一片孤帆在荒海之上漂泊。一种突发的震动把我惊醒时，多谢舟子们，他们把我由荒海之上救到鼋头渚了。
　　我们一个个奋勇先登，好像战胜了的骑兵争先占领城地一样。

我们已从渚上面对着汪汪的太湖了。Y君抢着到水边的岩石上去听潮声，但是今天的太湖好像正在酣眠，只不住地在把层岩轻舐（shì）。

我遥瞰着太湖，徐徐吞吐新鲜的呼吸；觉得神清气爽，好像可以振翼飞去。这时候夕阳已将下山，好像一个将溺（nì）的人红着脸独在云海之中奋斗。东边的连山映在夕照中，显出了它们的色彩的变化之丰富。N是一个画家，便从衣袋中抽出一个小簿子来临写。我们一齐抬头仰看Apollo（阿波罗）的车骑在云海之中动摇；金鞭指处，一片灿烂的金光射来，暂时辉耀不已。

跟你们读过的关于西湖的那些白话文，比如跟张爱玲、无名氏他们的文章相比，成仿吾的太湖确实没有出人意料的精彩之处。虽然他写到在太湖徐徐吞吐新鲜的呼吸，这是个很形象的说法，可是马上就一笔划过去了。听潮声的同行者、拿出小簿子写生的画家、夕阳下的太湖，太湖独特的美还是不够具体细致。

郁达夫和成仿吾是发起文学社团"创造社"的同伴，四年后，郁达夫来到无锡，在《感伤的行旅》中如此写道："我的此来，原想看一看一位朋友所写过的太湖的落日，原想看看那落日与芦花相映的风情的。"他说的朋友大概就是成仿吾。

我们再来读钟敬文的《太湖游记》。钟敬文是一位民俗学家，也是散文家，看看他有没有把太湖的美写出来：

不久，我们离去管社山麓，乘着小汽船渡登鼋头渚了。渚在充山麓，以地形像鼋头得名的。上面除建筑庄严的花神庙外，尚有楼亭数座。这时，桃花方盛开，远近数百步，红丽如铺霞缀锦，春意中人欲醉。庙边松林甚盛，葱绿若碧海，风过时，树声汹涌如怒涛澎湃。渚上多奇石，突兀俯偃（yǎn），形态千般。我们在那里徘徊顾望，四面湖波，远与天邻，太阳注射水面，银光朗映，如万顷玻璃，又如一郊晴雪。湖中有香客大船数只，风帆饱力，疾驰如飞。有山峰几点，若浊世独立不屈的奇士。湖上得此，益以显出它的深宏壮观了。

我默然深思，忆起故乡中汕埠一带的海岸，正与此相似。昔年在彼间教书，每当风的清朝，月的良夜，往往个人徒步海涯，听着脚下波浪的呼啸，凝神遥睇（dì），意兴茫然，又复肃然！直等到远峰云涛几变，或月影已渐渐倾斜，才离别了那儿，回到人声扰攘的校舍去。事情是几年前的了，但印象却还是这样强烈地保留着。如果把生活去喻作图画的话，那末，这总不能不算是很有意味的几幅呢。

听朋友们说，在太湖上最好的景致是看落日。是的，在这样万顷柔波之上，远见血红的太阳，徐徐从天际落下，那雄奇诡丽的光景是值得赞美的。惜我是迫不及待了！

钟敬文的这篇文章是1930年发表的，他来鼋头渚看太湖比成仿吾晚了几年。他没有看到太湖落日，只能想象万顷柔波之上的血色夕阳，而成仿吾却是看到了的。但钟敬文看到了桃花盛开的太湖，看到了四面湖波中有大船数只、山峰几点。那是春天的一个好日子，他饱览了太湖的风日和花开。只可惜他使用的词汇不够清新，还有许多文言的痕迹，读起来没那么舒展。

他们的写法有相似的地方。成仿吾在太湖想到了日本的濑户内海，想到了歌德的《湖上》；钟敬文在太湖想到了什么？他想到的是故乡汕埠一带的海岸。一个人落笔写文章时，不能只停留在眼前看到的，还要有联想。没有联想，就会局束在眼前这个世界，就放不开。但是这两篇文章都算不上特别出色。实际上，我觉得太湖缺一篇好文章，一篇让人一读就能永远记住的好文章。

叶圣陶来了，他比他们晚了很多年。叶圣陶是小说家，也是散文家，他的文字不马虎，留下了不少好文章。他的这篇《游了三个湖》是1955年写的，那一行他看了三个湖：南京的玄武湖、杭州的西湖和无锡的太湖。我们来读关于太湖这一段：

> 这回望太湖，在无锡鼋头渚，又在鼋头渚附近的湖面上打了个转，坐的小汽轮。鼋头渚在太湖的北边，是突出湖面的一些岩石，布置着曲径蹬道，回廊荷池，丛林花圃，亭榭楼馆，还有两座小小的僧院。整个鼋头渚就是个园林，可是比一般园林自然得多，又何况有浩渺无际的太湖做它的前景呢。在沿湖的石上坐下，听湖波拍岸，挺单调，可是有韵律，仿佛觉得这就是所谓静趣。南望马迹山，只像山水画上用不太淡的墨水涂上的一抹。我小时候，苏州城里卖芋头的往往喊"马迹山芋艿"。抗日战争时期，马迹山是游击队的根据地。向来说太湖七十二峰，据说实际不止此数。多数山峰比马迹山更淡，像是画家蘸着淡墨水在纸面上带这么一笔而已。至于我从前到过的满山果园的东山，石势雄奇的西山，都在湖的南半部，全不见一丝影儿。太湖上渔民很多，可

是湖面太宽阔了，渔船并不多见，只见鼋头渚的左前方停着五六只。风轻轻地吹动桅杆上的绳索，此外别无动静。大概这不是适宜打鱼的时候。太阳渐渐升高，照得湖面一片银亮。碧蓝的天空中飘着几朵若有若无的薄云。要是天气不好，风急浪涌，就会是一幅完全不同的景色。从前人描写洞庭湖、鄱（pó）阳湖，往往就不同的气候、时令着笔，反映出外界现象跟主观情绪的关系。画家也一样，风雨晦（huì）明，云霞出没，都要研究那光跟影的变化，凭画笔描绘下来，从这里头就表达出自己的情感。在太湖边作较长时期的流连，即使不写什么文章，不画什么画，精神上一定会得到若干无形的补益。可惜我来也匆匆，去也匆匆，只能有两三个钟头的勾留。

叶圣陶写的太湖，哪句能一下子就抓住你，或者说给你留下很深刻的印象？也许每个人体会不一样，你们可以说说看。

（童子：在太湖边作较长时期的流连，即使不写什么文章，不画什么画，精神上一定会得到若干无形的补益。）

这句是虚写，不是实写，哪怕一个没有来过太湖的人，也会觉得这句很好。这句虚写，就像留白一样，给人更多的想象空间。他说："可惜我来也匆匆，去也匆匆，只能有两三个钟头的勾留。"又以一个"可惜"表达对太湖的恋恋不舍。

他在鼋头渚南望太湖上的马迹山，"只像山水画上用不太淡的墨水涂上的一抹"，想到小时候在故乡苏州城里听到的"马迹山芋艿"叫卖声，再看湖上多数山峰比马迹山更淡，"像是画家蘸着淡墨水在纸面上带这么一笔而已"，后面又想到画家,从水墨画的角度将他匆匆看了一眼的太湖串在一起,无疑是高明的。整个太湖也像一幅水墨画。

与太湖对话的课堂

　　成仿吾、钟敬文、叶圣陶在不同的时间来到太湖,同样都是到鼋头渚看太湖,写了三篇白话文,你们觉得哪一篇最佳,哪一篇最合你的心意?(选择叶圣陶文章的占多数,选钟敬文的三人,没有一个人选成仿吾。)从文章的写法来说,我倒觉得成仿吾写得最丰富。他到了鼋头渚,进入一个完全水的世界,他想到日本的濑户内海,想到歌德的诗《湖上》,想得最远,钟敬文和叶圣陶没有想得那样远。为什么选叶圣陶的人最多?因为叶圣陶这篇文章读起来最顺畅,他的白话文可读性最强,清清爽爽,不拗口。这跟他的白话文水准有关,也跟他写作这篇文章的时间有关,他的文章是 1955 年发表的。

那两篇文章都太早了,那时他们的白话文还不够流畅,很多地方今天读起来不是很顺口。

我们再来看金庸《射雕英雄传》里的太湖:

更向东行,不久到了太湖边上。那太湖襟带三州,东南之水皆归于此,周行五百里,古称五湖。郭靖从未见过如此大水,与黄蓉携手立在湖边,只见长天远波,放眼皆碧,七十二峰苍翠,挺立于三万六千顷波涛之中,不禁仰天大叫,极感喜乐。

黄蓉道:"咱们到湖里玩去。"找到湖畔一个渔村,将驴马寄放在渔家,借了一条小船,荡桨划入湖中。离岸渐远,四望空阔,真是莫知天地之在湖海,湖海之在天地。黄蓉的衣襟头发在风中微微摆动,笑道:"从前范大夫载西施泛于五湖,真是聪明,老死在这里,岂不强于做那劳什子的官么?"郭靖不知范大夫的典故,道:"蓉儿,你讲这故事给我听。"黄蓉于是将范蠡怎么助越王勾践报仇复国、怎样功成身退而与西施归隐于太湖的故事说了,又述说伍子胥与文种却如何分别为吴王、越王所杀。

……两人谈谈说说,不再划桨,任由小舟随风飘行,不觉已离岸十余里,只见数十丈外一叶扁舟停在湖中,一个渔人坐在船头垂钓,船尾有个小童。黄蓉指着那渔舟道:"烟波浩淼,一竿独钓,真像是一幅水墨山水一般。"郭靖问道:"甚么叫水墨山水?"黄蓉道:"那便是只用黑墨,不着颜色的图画。"郭靖放眼但见山青水绿,天蓝云苍,夕阳橙黄,晚霞桃红,就只没有黑墨般的颜色,摇了摇头,茫然不解其所指。黄蓉与郭靖说了一阵子话，回过头来，见那渔人仍是端端正正的坐在船头，钓竿钓丝都是纹丝不动。黄蓉笑道："这人耐心倒好。"一阵轻风吹来，水波泊泊泊的打在船头，黄蓉随手荡桨，唱起歌来。

郭靖与黄蓉的这段对话都是围绕着太湖的景色展开的，黄蓉指着渔舟说了一句："烟波浩淼，一竿独钓，真像是一幅水墨山水一般。"郭靖不知道什么是水墨山水，黄蓉告诉他："那便是只用黑墨，不着颜色的图画。"郭靖想不明白为什么"就只没有黑墨般的颜色"。

这段也可以说是有文化的与没文化的两个人针对太湖的一番对话，有文化的黄蓉和叶圣陶一样，可以在太湖看出水墨画来；郭靖没念过书，黄蓉跟他讲太湖像一幅水墨山水，他不明白，黄蓉只能跟他解释，就是"只用黑墨，不着颜色的图画"。可是，郭靖看到眼前的景色偏偏是——山青水绿，天蓝云苍，夕阳橙黄，晚霞桃红——独独缺少黑墨般的颜色。一个没有读过书的人，你跟他讲这些，他真的听不懂，郭靖的疑问是真实的。两人之间的距离就是审美上的。

这番对话非常精彩，非常有意思。同样一个太湖，黄蓉看见的跟郭靖看见的一样吗？这堂课之前之后，你们看到的太湖，还会一样吗？这堂课以后，你们看到的还是这个太湖，但你们看太湖的眼光不同了，你们的眼中有了成仿吾看过的太湖、钟敬文看过的太湖、叶圣陶看过的太湖，还有金庸武侠小说中的太湖。金庸在写《射雕英雄传》时很可能没有来过太湖，那不是他记忆中的太湖，而是其他文章中读来的太湖，也是他赋予了审美想象的太湖。他把郭靖和黄蓉这两个人物放在太湖的背景里写，他们的不同个性、他们的不同经历、他们的不同气质，都通过太湖这个画面写出来了。如果单以白话文而论，金庸的白话文更干净、更漂亮，没有绕来绕去，但他的白话文还是来自文言文，其中许多词汇、句子，还有表达方式都是从文言文中来的，只是金庸运用更自如。

  我们也可以说，太湖把他们慢慢都沉淀下来了，从王昌龄、范仲淹、文徵明到成仿吾、钟敬文、叶圣陶、金庸，有上千年的岁月，我们眼前的太湖也是他们笔下的太湖。太湖甚至还可以跟什么人联系起来——借着成仿吾，太湖甚至跟远在德国的诗人歌德连在了一起。歌德的诗《湖上》中也有欸乃的橹声，这是典型的用中国古诗翻译外国作品，"欸（ǎi）乃一声山水绿"是唐代诗人柳宗元《渔翁》中的诗句。

  太湖上不缺打鱼船，也不缺欸乃之声。有一位作家叫钱歌川，他看到过下大雨时的太湖，如果我们今天看见的晴天的太湖叫晴湖，那么他看到的就是雨湖。我们来读钱歌川《无锡纪行》中的这一段：

> 我们走到宝界桥的时候，正值倾盆大雨，但我们仍下车走过桥去，在柳下拍了一张长桥雨景。此时的诗情不在桥头杨柳，而在湖上渔翁。这些蓑笠翁在斜风大雨中，展开他们的渔网，一网打尽了湖上的风光，确是一幅最美的画图。谁说这画中没有诗呢？我看到他们身上的蓑笠，暗喜我何幸在雨中来到这儿，刚刚见到了太湖的特色。若在晴天来游，一定免不了要感着一种缺憾。我敢说太湖最宜的是雨，最值得看的也就是这些蓑笠的渔翁，空濛的山色和烟雨的湖光。

  你们相信钱歌川吗？你们相信钱歌川所说——最值得看的是下雨天的太湖吗？这句"一网打尽了湖上的风光"真是美极了。可惜我们今天看不到一网打尽这湖上的风光。其实，钱歌川在下雨前就到了鼋头渚，他也看到了天晴时的太湖，他喜欢湖边那些天工所成就的矶头乱石：

> 我们走下到那怪石嶙峋的湖边，脚踏到那巨大尖削的石块上，顿时想到南京燕子矶的情景来。只是那儿离水面很高，下有深潭，故成为一个绝好的自杀处。这儿虽时有惊涛骇浪，奔驰而来，究竟那些金字塔一般的岩石是由浅而深，非若悬崖可比。这儿只可以听涛，不便于自杀。所以我们来到这儿，对于眼前的银涛碧水，只有羡慕，而无恐惧。

芮麟在鼋头渚看到的也与其他作家不一样，他提供了一个自己的视角。他说：

> 无锡风景，鼋头渚应为第一！
> 鼋头一角，可看三万六千顷的太湖烟波，可望缥缈隐约的七十二峰，时而清波如镜，时而浊浪滔天，气象一刻万变！宜花晨，宜月夕；晴游固宜，雨游亦宜；一年四季，无时不宜！

他也曾登渡轮，行在太湖上："看四面山在水底，树在水底，台在水底，船在水底，人在水底，天在水底，云在水底，一切都倒映水底……"那要水清才可以看到，如今已难得一见了。

我们再来读读徐国桢的《春色满江南》。他写的是无锡的春色，地上的麦浪、杨柳，天上的云，而不是着眼于太湖，但那云也是太湖上的云，虽然今天我们没有看到：

久别了的江南春色，饱看了一回。天上湿云如团絮，作深浅不一的灰白色，一球一球，相叠相负，时吞时吐。云脚很低，云层极厚。因为风大，云行很快，云山移动，一座山一座山前推后挤，看那些云块慌慌忙忙，好比在逃难，云尾的低垂特甚者，简直像要滚下来。春云作此状态，是不平凡的状态，只觉其好看，不觉其险恶。因为有大地春色为配，春云变不成秋云。大道两旁，尽是麦田。小麦叶子，已有尺许长，经过雨洗，洁净到无可再净。大风横吹麦田而过，麦叶成浪，滚滚滔滔，声势浩大；看着只是唤起海的回忆，幻成绿色的大梦，如此一片广远平坦之境中，远远近近，点缀着不少杨树柳树，绿意蓬松之间含有浅色黄光，色调比麦浪明亮轻快。只见树上绿梢一顺飘，树树如将羽化而登仙。没有一种植物，能够胜过它的秀逸面目。更远处的柳条飘舞之姿，简直就是天尽头处灰色厚云之前的一朵或一抹绿云，将与天云同飞，天云有俯而挈（qiè）携之同去之意，而绿云老是作势欲飞而总不肯随天云真的飞去。

这一段主要在写什么？写云。徐国桢说，云可以有春云和秋云，那也会有夏云和冬云。他说天上有湿云——湿云如团如絮，风来了，云山移动，一座山一座山前推后挤。他还说云有云尾，简直是在做太湖的云谱。可惜今天我们来太湖，天上没有云，只有一点点影子，我们没有看到太湖上的春云。

回想一下我们今天读的这些文章，有哪些元素我们在太湖没有看到。第一个是徐国桢写的太湖上的云，我们没有看到。第二个是雨，我们没看到雨湖，没看见打鱼的渔夫，没看到钱歌川眼中的渔夫一网打尽湖上的风光。第三个是夕阳，我们也没有看见，成仿吾看见了。他们的经验都可以帮助我们。大家还可以想想，叶圣陶和金庸笔下的水墨画这个说法。

民国报人、号称"副刊圣手"的张慧剑在《太湖一角》中借着同行者——一位很冷静的朋友张悠然的一句话，来说太湖的好："愿在太湖落草，如果万一失风，将请求当局就地正法，所谓生为太湖人，死为太湖鬼也！"

我们再回到成仿吾的《太湖纪游》最后，他跟太湖的告别：

我们在昏冥之中，还从车上不住回头远望。我们自恨没有更多的时间，我们同太湖诚恳地约了再会。太湖哟，永远的太湖哟！我们虽是乍见便要分离，我们是永远不能忘你！

过梅园时，门前已经没有人影，我们入园约略跑了一遍，人为的风景总觉引不起我们的兴趣来。一堆堆绰约的梅花空在晚风之中把她们的清香徐吐。

一路犬吠声把我们送出门来，四围已经打成了一片无缝的黑暗。我在车上不禁又想起了葛雷①《墓畔哀歌》中的诗句："把全盘的世界剩给我与黄昏。"

成仿吾在与太湖告别时，想到的是英国诗人托马斯·格雷的诗句。我们也要与太湖告别了，我们又想到了他，想到了多少年来与我们站在同一个太湖面前的那些作者。如果今天我们不是和他们一起看太湖，我们看到的就只是今天的太湖，而不是千余年来变与不变的太湖。

---

① 今译"格雷"。

🧒 童子习作

对　岸

金恬欣

舟行湖上，我们在船上。太湖没有西湖秀美，也没有鄱阳湖壮阔——它留给我的，是一个神秘老人的背影。

我想去寻找太湖的正面。群山围绕着孤岛，这是你的脸吗？微风吹拂着垂柳，这是你的眉吗？假山衬着映山红，这是你的眼睑吗？

江山如无言的渔翁，以它的沉默回答。

渔舟几点，水墨山水。你的笑，不那么干净，是否西施手中的衣裳将你搅浑？

无边无际的岸，以淡然面对我满腔的疑问。

渔翁仍打着鱼，等待着夕阳西下的太湖，想一网打尽太湖的风光。

他收了网回家，那个苍老的背影不知所终。是你吗，太湖？

夕阳下的帆渐渐消失在暮色中，朝着每天都相同的方向。归隐五湖的范蠡、写过《湖上》的歌德……他们，一直都在路上。他们朝着自己的初心前进，对岸，正在不断靠近。

那一个个背影，成了太湖中一滴滴水珠，隐没在黄昏的水雾里。始于正史，终于传说，可美吗？——他们不过是一直朝着对岸前行。

太湖的对岸，从来都没有。这条路，也不曾有过结束——因为结束，亦是新的开始。

太湖孤鹭

付润石

在西湖畔待了十多年，我注视着叶圣陶所说的"精美的盆景"，一次次踏着白居易、苏轼的足迹游西湖。这次叩开太湖的大门，却为这一湖的烟波浩渺所折服。

正是大雾天气，我们的船行在太湖上。放眼望去，湖的微波闪着白光，向远处荡去，一直荡入无边的天空之中，偶尔一笔墨迹，将靠近它的水面由淡灰变成粉白，仿佛水一到那里，便蒸发了一般。

船的马达轰鸣着，破坏了一湖的宁静，远处几艘木制的帆船，正在风中前进。那是否是吴越的战船？或是满载着锡的商船呢？古老的船在时间的风中渐行渐远，消失在历史长河之中。眼前的一切，又是那么的宁静。此刻的太湖，看上去似乎无边无际。远处一只孤鹭飞来，扇动着翅膀，由远而近，由近而远，消失在湖波中。看着孤鹭来去，我真的有点"念天地之悠悠，独怆然而涕下"了。

在浩渺的太湖中，我也愿成为一只飞鸟。

无数的人消失在历史的后门，又有无数的人走出前门，迎来胜利或失败。天地苍茫，人世百态，有的人胜利，有的人失败，可他们在太湖中又何曾留下游丝般的痕迹呢？

孤鹭继续飞着，不屑地看着它们：吴越之争？锡山之战？也许只有山间之明月、湖上之清风才是永恒的。

在太湖的柔波中，我再一次希望自己是一只孤鹜。

距　离

冯彦臻

太湖到西湖有多远？

具体有多远，我也不清楚，但是高铁至少行驶两个小时。

太湖到西湖有多远？

西湖是"梅妻鹤子"林和靖的归隐处，西湖的水是前朝名妓的洗脸水；太湖虽不及西湖有名，但它水墨画般的样子已经不再神秘。

太湖是文徵明"欲身游七十峰"的太湖，是王昌龄"萧萧闻雁飞"的太湖，也是范仲淹"月华三万顷"的太湖。

有些人或许来过太湖，却不为人所知，就像我。但是就像泰戈尔说的："天空没有留下翅膀的痕迹，而我已经飞过。"这里并没有留下我的痕迹，但我庆幸自己曾来过。

我来了，太湖与西湖的距离在我心中就缩短了。

大一点的湖

解芷淇

据说这个湖，

名字很可爱，

"大"加上一点，
就成了"太"。
游学的童子，
来这里听课，
他们的老师说：
成仿吾的文章，
视野很开阔；
钟敬文的游记，
写出了生活；
钱歌川又让我们看到
大雨中的太湖；
而《射雕英雄传》，
大家看着笑呵呵。
大家再一瞧，
湖面很平静，
上面的游船，
静静地划过。
一座座假山，
好似个迷宫；
一座座凉亭，
从身边经过。
杨柳絮乱飘，
空中到处游。

美丽的太湖，

下次再来过。

船上的太湖

赵馨悦

　　一朵花可以打开世界，一条船可以装载太湖。太湖烟雨任平生，太湖上的情情仇仇都已消失在薄雾之中。

　　一条船，我游于湖上。这条船堆起的浪花，仿佛几百年前舟子的船桨回荡。一切都似薄雾轻掩，这雾在古代也没有"散"过。一条船，这是多么神奇的船，我们和以前就是由一条船连起来的。但湖上只有船的影子，我们的思想和记忆被运送到不为人知的远方。

　　这条船载着太湖的灵魂在那里徘徊，它在等谁？对岸出现了弱不禁风的作家，它在等他，他就是那个迟迟不出现的人。现在我们泛于湖上的船并不是心灵的船，而是物质的船。而我们一生所追求的是心灵的船。远方是那么神秘又吸引人，人的心就是遥不可及的远方。

　　一条船，一条与成仿吾、钟敬文相连的船。我们不能到达世界的每一个地方，但是那些文学、艺术作品可以带我们到达那里。心的船在广阔的知识海洋里徘徊，总有灯塔在黑漆漆的夜晚发着光，这时你就找到了心的归属。

被一网打尽的是什么

袁子煊

太湖的水面波光粼粼，游船在波浪中穿梭，水花一次又一次地抚摸渔船……

作家钱歌川写道："这些蓑笠翁在斜风大雨中，展开他们的渔网，一网打尽了湖上的风光。"没错，渔翁在撒网收网中打尽了太湖的风光。然而，我认为要把它反过来。但并不是湖上的风光一网打尽了渔翁，而是湖上的风光一网打尽了我的思想。我的眼睛被来来往往的游船、画舫所吸引，我的耳朵中装满浪花拍岸的声音，我的脚不由自主地向湖边踏去……

然而，我停下了。我的思想，又被岸上的风光一网打尽。岸边的绿柳，找不到伴侣——桃花。一朵朵柳絮如同悲伤的眼泪在空中飘来飘去，我的脑海中一下子浮出"枝上柳绵吹又少"诗句。当我看到五颜六色的孩子们时，《村居》又蹦出我的嘴巴，可惜没有纸鸢，但是孩子们色彩斑斓的衣服似乎比纸鸢更艳丽。

我本来想一网打尽我的所见、所闻，但我今天似乎被它们一网打尽了。

一滴墨的杰作——太湖

张舜宇

太湖是一片大湖。不过想让太湖变成大湖很简单，只要把湖中一滴墨水捞起。不知是哪位诗人，一不小心把一滴墨水滴进了太湖，使远处的山与近处的水融为一幅水墨画。

太湖的一点，把一大堆胸藏文墨的人吸引过来，使太湖从仙人的饮水处变成凡人的洗砚池。

画山水的人因留白太多，把洗砚池旁的梅花误画成了樱花。因渔人静立不动，太湖的浪也静下了。鱼儿因力气太大，把姓鼋名头渚的湖龟的头抬了起来。

如果你不想在太湖久住，也许只需一张渔网就可把太湖一网打尽。

太湖幻影

张雨涵

我看着你走来，
无须高声提醒，
无须过多渲染，
不必强求，
不必刻意，
一切那样自然。

清晨的雾气，
远处的群山，
水墨画般地出现，

一切沉浸在灰白中。

模糊的群山幻影，
融入灰色的天空，
碧绿的湖水，
荡起层层涟漪。

没有范蠡与西施，
没有钱歌川笔下的雨，
这一切或只是幻影，
脑海中的芬芳。

太湖之美

汪语桐

到了无锡，除了要观赏梅园、游历惠山，当然还要泛舟太湖。

到了湖边，放眼望去，真是一望无际。再往更远的地方望，是水天相接，天与水都映着灰蓝色。水映着天，天映着水。

雾来了，如一张薄纱轻轻遮住了天空与湖面。

雾来了，朦朦胧胧中泛起的波浪在阳光与雾之下，一闪一闪，如玉盘中一颗颗闪烁的珠子，如夜晚空中的星星。

雾散了，太阳出来了，我登上船，想看清太湖的真面目。船一直向对岸驶去。我打开窗户闻着清新的湖水味，心情顿时舒畅。

我又低头看了看，太湖水真是清澈，清得能看见湖底的沙石；太湖水真是碧绿，绿得如一块无瑕的翡翠。

太湖水本无忧，因风皱面。清风吹来，水面泛起层层涟漪，湖边的垂柳婆娑起舞，几枝较长的柳枝，在湖面画起春的印记。湖边的桃树亭亭玉立，似一位穿着粉红纱裙的仙女。湖水看到这么热闹的情景，也摇摆起来，可是它越跳越老，皱纹也多了起来。

夜幕中的太湖依然美，四周的楼房亮起星星点点的灯光，湖面倒映出灯笼一般的火光。此时，垂柳倚着湖水进入梦中，梦里它为春天涂上了艳丽的颜色。

太湖美，不仅美在太湖水，更美在我心中。

二、功成身退一扁舟——蠡湖篇

🧒 童子诵

蠡　湖
余光中

据说这一带，烟水迷濛
就是范蠡带西施
当年扁舟飘飘
橹声渺渺
从历史的后门失踪

始于正史而终于传说
该是最可羡的结局
功成身退，而青史永垂
美人迟暮，不许人偷窥

隐于五湖么，是哪五湖呢？
江南有的是水乡

那许多江湖，来帆去橹
害舟人指点，究竟是何处？

只有眼前，五月的黄昏
这一泓烟水最诱人
小名蠡湖，正是太湖的最宠
用范蠡的背影命名

回头向我存一笑
我说：姓范有多好，
蠡湖不就是范湖么？
把若江和尧明都逗笑

这一片太湖的内湾
我说：原来是一面妆镜
西施所遗留，却难忘倩姿
竟生出如眉的垂柳

笑声才歇，天色已昏
湖上所有的亭台洲渚
从鼋头渚一直到宝界桥
一一都隐入了薄雾

先生说

　　蠡湖与太湖相通，也可以说是太湖的一部分，原来叫五里湖。诗人余光中 2010 年 6 月曾来过蠡湖，他一到蠡湖就喜欢上了这个湖。为什么？我们看看眼前这个蠡湖，有什么特别的地方吗？没有特别令人震撼的风景，就是一片水域而已。但在有些人眼中，蠡湖很美，1935 年来无锡的学者朱偰就说蠡湖是一幅绝妙之图画。

　　为什么余光中会对蠡湖产生强烈的情感，且写下这首《蠡湖》呢？（童子：因为西施。）这个湖如果因为西施而有名，应该叫"西湖"或者"施湖"。（童子：范蠡带着西施。）为什么一定要有西施呢，有范蠡不够吗？这个湖是蠡湖，可以说范蠡是它的主角。

在蠡园

蠡园之所以得名，也是因为范蠡，所谓"取越大夫归隐五湖之意"。1928年，实业家王禹卿将这片芦苇弥望的水乡泽国打造成一个园林，这里紧靠蠡湖，"叠石为山，引水成池，种荷植柳，架桥建阁"。也有人批评这个蠡园假托遗迹，过于雕琢，弄巧成拙。如果没有范蠡的故事，蠡湖、蠡园不知从何说起。

范蠡是春秋时期越国的大臣，金庸的《射雕英雄传》中黄蓉在太湖上给郭靖讲的故事，就是范蠡帮助越王勾践报仇复国、功成身退的故事。范蠡在历史上留下了一个特别好的名声，就是"功成身退"。金庸一生最向往成为范蠡那样的人，即在一番轰轰烈烈之后飘然归隐。他把范蠡看作自己的榜样。他的另一个榜样是汉代的开国元勋张良。张良在秦末汉初帮助刘邦打败了项羽，重要的是张良最终也功成身退。

我小时候看《吴越风云》时就知道了两千五百多年前吴越之间的这场战争。在这场战争中先是越国被打败，越王勾践到吴国为仆役，他想尽一切办法装老实，三年后吴王夫差觉得这个人没有志气，便把他放回越国。越王勾践卧薪尝胆，十年生聚，十年教训，终于完成灭吴报仇的计划。这是中国历史上非常有名的故事。勾践装老实主要是范蠡的计谋，也是他跟着勾践在吴国为仆役。在他人看来，勾践绝无可能打败夫差。吴国当时是江南的霸主，最富强，整个太湖流域都是吴国的天下；越国的中心在诸暨、绍兴一带，吴国的中心在苏州、无锡一带。但是范蠡始终相信强弱之势是会转化的，勾践就是在他和文种的帮助下，实现了复国大事。帮助越王灭吴后，范蠡和文种两个人做了截然不同的选择，文种选择继续留在越国做大官，范蠡却清楚继续留在越王的身边是很危险的，他选择了飘然归隐，号称"泛舟五湖之上"。有传说他经商去了，成了富甲天下的陶朱公；还有传说他带走了吴王最喜欢的越国女子西施。可以确定的是范蠡真的离开了越王，他没有像文种一样留下来——文种最后被杀了。这就是郭靖在太湖上听得发呆的那个故事，他还说了一句话："范蠡当然聪明，但像伍子胥与文种那样，到死还是为国尽忠，那是更加不易了。"

黄蓉认为范蠡最后选择泛舟蠡湖、太湖，是聪明人的选择；郭靖觉得能为国尽忠，就算像文种那样被杀了，也是非常不容易的，也是值得敬仰的。金庸笔下的郭靖是一个忠厚老实的人，一个有钝感力的人，他常常站在忠臣的一面，站在那些老实人的一面。他同时讲到另一位被杀的吴国名将伍子胥。如果当年吴王夫差听了伍子胥的话，越国的复仇计划就不会完成。伍子胥看穿了勾践卧薪尝胆的计划，但夫差听不进伍子胥的忠言，反而把伍子胥杀了。历史上很多忠臣的结局都是被杀了，今天我们要排练无锡人顾毓琇的剧本《岳飞》。岳飞的结局也是被杀，这个世界有时就是这样的悖逆。

回到余光中的《蠡湖》。余光中之所以为蠡湖写下这首诗，就是因为他心中有一个人。风景离开了人，容易被忽略。西湖如果没有白居易、苏东坡，就完全不一样了，正是一代一代的诗人和他们的故事，让西湖累积了如此深厚的人文资源。小小的蠡湖，当然不能跟西湖比，好在还有一个范蠡。金庸在《射雕英雄传》中借黄蓉的口来赞美范蠡，显然是他的心中有范蠡，想到太湖，就想到范蠡的故事。余光中写《蠡湖》，不是冲着我们看见的这一汪水，而是冲着那个传之久远的历史故事。人类面对自然的山水，常常要超越看得见的山水。

成仿吾 1924 年来到太湖，发现自己完全处于一个水的世界，他马上就想到了在日本看到的濑户内海，想到了歌德的《湖上》；表面上看三者彼此毫无关系，但在那一刻，成仿吾的脑中马上将三者建立起了关系。我们眼前的这个蠡湖，范蠡是不是真的在这里泛过舟、钓过鱼，他有没有跟西施在这里一起生活过，在后人眼里早已变得不重要了，重要的是这个故事本身会让人回想起两千五百多年前的吴越之争，想起那个时候的风云，那个时候的人，这里面其实是历史的、人文的积累对人的吸引力。余光中也是受了这些故事的吸引，才给蠡湖留下刚才大家一起诵读的那首诗。

与蠡湖对话的课堂

我们与诸葛亮对话的时候，曾经讲过"七律森森与古柏争高"一句诗，这是余光中从杜甫的诗里化出来的。余光中的《蠡湖》中"这一泓烟水最诱人／小名蠡湖，正是太湖的最宠／用范蠡的背影命名"，这句非常有意思。接下来的这句"回头向我存一笑／我说：姓范有多好，蠡湖不就是范湖么？"，就看不懂了吧？余光中先生的夫人叫范我存，当时也在现场，所以他开玩笑说："姓范有多好，蠡湖不就是范湖么？"

如果用一个词来命名蠡湖，你会想到什么词呢？今天晚上作文的主题"与蠡湖对话"，可以把范蠡的故事放进去，把我们今天的活动，以及稍后你们的演出放进去。如果离开人的活动，这个湖不过是空空的湖，无论它叫范湖还是蠡湖，叫小名还是叫大名，都是一个空空的湖。让空空的湖变成实实在在的湖需要有故事，需要有诗篇，需要有文章，需要有人物；需要有人的活动，需要有人的想象，需要有人的故事。

你们到了这里，可以给它增添一个故事。2019年5月1日，冯彦臻穿着一身汉服在这里演岳飞，还演得那么像，这不就成了蠡湖的一个新的故事吗？等一下就看你们怎样来演绎这个故事。我们这个故事也可以加入蠡湖，加入太湖，融入这个自然景观里面，变成一个小小的新的人文风景。人类在这里的活动最终要逐步累加，赋予蠡湖新的生命。

离开范蠡，蠡湖就没有了灵魂；离开历代以来那么多来到太湖的人，太湖就没有了灵魂，太湖就是一个空空的太湖。如果失去人与湖之间的回应，不论这儿的水清澈与否都只是水，这个湖就不会引起你内心的感动。为什么中国有那么多的湖，但唯有一个西湖在一千多年来始终引起人们极大的兴趣？原因是西湖的人文资源实在太丰厚了。相对而言，太湖、蠡湖的人文资源就单薄得多，我们要给它们加一些人文资源。我们来这里不仅仅是来看湖，而且要做些加法，增加一些什么。

今天我们来这里，不仅仅是来看湖的，湖也在看我们。太湖在看着你们呢，看着一群活泼可爱的小孩子在它的面前演岳飞，它不觉得好奇吗？近千年来都没有人到这里演岳飞，今天竟然有人来演岳飞，太湖看见了，会觉得这是一件新奇的事；我们在蠡湖读余光中的诗，我们在这里读《射雕英雄传》的片段，我们把那些原本它没有听过的声音带到它的面前，蠡湖看见了、听见了，会觉得这是一件新奇的事。太湖有灵，蠡湖有灵，我们能听见它们的声音，它们就能听见我们的声音，因为万物彼此是有关联的。

在蠡园讲课

《岳飞》这出话剧为什么要到无锡来演？它跟无锡有什么关系？原因是这个作品是无锡人顾毓琇编写的。我们还会去顾毓琇故居演一场。顾毓琇是中国罕见的一位文理工兼通的大人物，他是世界上有影响的机电方面的专家，在诗歌、音乐、戏剧等领域也有贡献。他在清华大学念书时写了大量文学作品，抗日战争期间还写了大量剧本，《岳飞》是其中之一。这次我们到无锡游学，选了他的《岳飞》最后一幕，希望你们除了对岳飞有更深的认识，对顾毓琇也有更深的认识。顾毓琇活了一百零一岁，在国际上享有盛名，这样的人是非常罕见的。他在电机工程领域贡献很大，用英文写过大量论文，同时一生都保持着对文学的兴趣，写了一万多首诗。他又是位教育家，长期在大学任教，做过清华大学电机系主任、中央大学校长，还做过教育部政务次长。他后来又在美国的大学任教，学生遍及全球。一个人的一生如此丰富，这是令人震惊的。他写剧本只是一种业余兴趣。培养不同的兴趣爱好，可以让一个人的生命更为丰富。从范蠡到顾毓琇，我们在蠡湖的闲话先停在这里，下面你们开始分组排练《岳飞》。

童子们在蠡园排练《岳飞》

童子习作

范蠡的选择

付润石

空空的湖面

空空的园

波光下的灵魂

发出一声叹息

他在叹息什么?

带着西施泛舟五湖

多少世间的荣耀

转念便可功成身退

眼前的草坪上

岳飞被秦妇所毒

历历在目的场景

加剧了他的忧伤

伍子胥吗? 文种吗?

他们拔剑自刎的场景

也晃动在眼前

永恒的问题

萦绕脑中

To be or not to be（生存还是毁灭）

历史面前

他选择了后者

但他不是简单地选择

他是一位忠臣

郭靖那一般的心

同样属于他

为君王而生

为君王而死

他也是有岳飞心肠的人！

运筹帷幄，打败吴国

功成身退，隐居五湖

在命运的天平上

到底哪一边重？

历史性的人物

历史性的选择

生存还是毁灭

仍是永恒的问题

湖的对话

罗程梦婕

一天，西湖对太湖说："我是西湖，来自美丽的杭州，苏轼曾经写过我：'欲把西湖比西子，淡妆浓抹总相宜。'还有很多诗人也留下了关于我的千古名句。"

这时，蠡湖来了。她说："我是蠡湖，因范蠡而得名。我紧邻蠡园，那里怪石嶙峋，千奇百怪，让人浮想联翩。小朋友们可以在那儿捉迷藏、玩游戏、拍照片，他们别提有多开心了！你呢？为什么一直保持沉默呢？"

"我是太湖。"太湖说道，"我没有什么特别的，没有诗人为我留下千古名句，我也没有天然形成的奇山怪石……"

"但你像神奇的蓬莱仙岛，有奇特的鼋头渚和美丽的历史呀！每一个湖都有自己的独到之处，不一定非要有千古流传的名句呀！"听了他们的聊天，我说。

太湖的笑声

蔡羽嘉

余光中说

太湖这一带

烟水迷蒙

橹声渺渺

几千年前

吴越的土地上

一场大战开始了

勾践战败

但他依然有着信念

在范蠡的帮助下

卧薪尝胆

打败了吴国

范蠡隐居起来

记录这件事的

便是太湖与蠡湖

转眼回到现在

望着水雾中

隐隐约约的帆橹

千年前的那场大战

对太湖与蠡湖来说

也只不过是它的一朵浪花

今天在湖边表演

我们的笑声

荡漾在蠡湖上

蠡湖看着我们的样子

也笑了起来

对　　话

陈禹含

很久以前，太湖和蠡湖曾有过一场对话。它们讨论的不光是湖的大小，也不仅仅是"太"比"大"多了一点。湖中任意一滴水，都是有历史的，它们都有自己的喜悦。

太湖两旁种满了柳树，充满灵性的土壤释放出无限的能量，散发出清新的气味，青青草丛中也有淡淡的清香。

"现在的无锡真不安宁，本来就'无锡'了，还要为锡而争。"

蠡湖边，桃花半绽，如飞鸟的颜色；新鲜的空气扑面而来。

"瞧！我的周边都是园林，听说是范蠡的住地，那么我也叫蠡湖了。那些人们，不知又在说什么呢。"

几千年过去了，只是一刹那。

"现在呢？"蠡湖问。这边蠡园已经变成一个公园了，树木更是繁茂，松树如宝塔般迎着天空。

"现在有不少人在夸赞我们，钱歌川这个'一网打尽了湖上的风光'的想法与联想，真是妙极了，金庸的水墨山水已印在湖里。"太湖说。

"对呀！余光中也这样说。"

一眨眼，21世纪到了。

"在我的身旁一群童子在听课，他们脑子里灌入了审美的水、历史的水，一滴滴汇入自己的河中，成为一条'五彩'的巨流河。"太湖说。

"我身旁，一群童子在演绎《岳飞》，他们把太湖作为自己的舞台。"

转眼间，日光洒向童子身上，金庸虚构的小说与水墨山水早已不在，童子们心中回荡的是岳飞的《满江红》。

两湖相争

徐朵露

一个阳光明媚的早晨，太湖、西湖要进行一场比赛，蠡湖是它们的评委。

太湖和西湖"站"在一起，好比大象和蚂蚁在一起。比赛开始了。太湖一直不把西湖放在眼里，一开口就说："哼！你还是赶快投降吧！我比你大得多，是你的三百八十六倍呢！"西湖听太湖这么说可不高兴了："蠡湖，你过来说说，大就一定美吗？明明你就比它美。"蠡湖一听，心想："太湖确实比西湖大得多，但西湖说我好话，这该怎么办呢？"不过，为了公平起见，太湖得一分。

西湖看到太湖得到一分，也不甘示弱，说："古代有那么多文人墨客赞美我，你有吗？就是现在也有许多外国人慕名而来呢！"太湖支支吾吾地说："也有人为我写诗啊，不过……不过……""都写得不大好，对吧？"西湖抢着说。蠡湖看这一次西湖完胜太湖，给西湖加了五分。

　　比赛结束了，蠡湖大声宣布："西湖5∶1赢太湖！掌声鼓励！"太湖低下头，喃喃自语道："我可是太湖，比大还要多一点，难道还不如西湖？"

三、少年心事有谁知——钱穆与荡口篇

童子诵

新亚书院校歌
钱穆

山岩岩,海深深,地博厚,天高明,人之尊,心之灵,
广大出胸襟,悠久见生成。
珍重珍重,这是我新亚精神。

十万里上下四方,俯仰锦绣,
五千载今来古往,一片光明。
五万万神明子孙,
东海西海南海北海有圣人。
珍重珍重,这是我新亚精神。

手空空,无一物,路遥遥,无止境。
乱离中,流浪里,饿我体肤劳我精。
艰险我奋进,困乏我多情。

千斤担子两肩挑，趁青春，结队向前行。

珍重珍重，这是我新亚精神。

先生说

新亚书院在哪里？对，在香港。钱穆是新亚书院的创始人之一，新亚书院后来与其他几个书院合并，成了香港中文大学，因此也可以说钱穆是香港中文大学的创始人之一。从这个意义上说，钱穆是一位教育家，而且不是一般的教育家，是一位大教育家。他的教育生涯从教小学开始。他教了很多年小学，然后又教了多年的中学，最后登上燕京大学、北京大学、清华大学、西南联合大学的讲台，成为中国大学里很受欢迎的文科教授之一。他在北大上课的时候，因为校外的人也要来旁听，所以一般都用一个很大的阶梯教室；即使这样，窗户上还都趴着人，有几百人听他讲中国历史。

你们猜钱穆是什么学历？中学还没毕业。他本来在常州府中学堂念书，后来转到南京的一所中学。因为父亲去世，中学还没毕业就辍学了。他十七岁开始成为老师，在荡口镇教了多年小学。他也是在荡口读的小学，荡口跟他一生有重大关系。这里就是孕育了一代学者、教育家或者说中国传统文化传人——钱穆的地方。要是没有钱穆，我们今天就不会来这个荡口小镇。光是有那些小桥流水，我们不会来，因为有小桥流水的江南水乡古镇太多，荡口并不是最典型的。我们是专程为钱穆来的。虽然钱穆的家乡在无锡七房桥，不在这里，但他从小在荡口生活，十岁就在荡口的果育小学上学，这里是他的起点。他后来又回到荡口来教小学，并日夜苦读，终成一代大学者。荡口是他一生念念不忘的地方，他在回忆录《师友杂忆》中说起荡口，满含温情。

1949年，钱穆离开内地，去了香港。在香港，他参与创办新亚书院。你们刚才背诵的《新亚书院校歌》是他亲笔写的。他晚年又移居台湾，居住在台湾东吴大学西南角一处小楼中。该小楼叫"素书楼"，朴素的素，读书的书。那里有几棵松树，我曾经两次去素书楼，还在小院的长椅上睡过午觉。

初到荡口

　　荡口的钱穆旧居和海峡对岸的素书楼之间有一条神秘的线索，在荡口用功的少年钱穆和青年钱穆，与素书楼的老年钱穆，是同一个钱穆。到了老年，钱穆还能用小字做读书笔记，写出研究朱熹的著作《朱子新学案》，不愧是一个做出了大学问的人。近代以来无锡出了许多人物，但论学问、气象，论对中国文化的贡献，论身上的道德勇气，没有几个人可以跟钱穆相比。

　　有人曾经将钱穆跟鲁迅、胡适放在一起做比较。鲁迅生于1881年，胡适生于1891年，钱穆生于1895年，他们都是民国时的先进知识分子，分别代表三个方向，即鲁迅的社会批判、胡适的自由思想与钱穆的严谨治学，三者在学术界缺一不可。鲁迅曾留学日本，在仙台医科专门学校中途辍学，没有拿到文凭；胡适留学美国，拿到了哥伦比亚大学的博士学位；钱穆则是土生土长的，是中国这块土地上自学成才的一个典型。与钱穆同时代、1893年出生的梁漱溟，与钱穆很像，他于顺天中学堂毕业，登上了北大讲台。在苏州还有一个1894年出生的叶圣陶，他与钱穆也很像；他于苏州草桥中学毕业，从小学老师起步。这几个人在各自的领域都对中国产生了深远影响。叶圣陶的影响主要在文学和教育方面，尤其在语文教育上，有长期的影响。他当初也在水乡古镇——苏州附近的甪直小学教学，并在那里开始发表文学作品。钱穆在荡口小镇一边教学，一边自学，在这里完成了他的第一本书《论语新解》，还写出了令中国学术界刮目相看的其他著作。到1930年，经过十八年的小学、中学教学磨炼，他成了举国闻名的学者。

钱穆参与创办新亚书院是五十五岁以后的事。新亚书院是香港中文大学的前身之一。从他执笔的新亚书院校歌中，我们可以看出他身上的气象，以及他对莘莘学子的期望。他在香港参与创办这个学校时，经费紧张，生活十分艰难，但我们在校歌中体会到的却是一种浩然之气。

新亚书院发展成为一所现代大学，新亚精神其实就是钱穆身上的精神，那是从中国传统文化里生长出来的在现代社会仍然有生命力的一种精神。钱穆不是一位老学究，他是一位在中国文化断裂的时代里想要接续中国文化的大人物，而这个荡口小镇，正是成就他一生学问的地方。这个旧居留下了他少年、青年的生命痕迹。我们先来看看他在荡口的故事。他七岁念私塾，十岁进入新式学校，也就是你们现在的年龄。这所荡口镇的新式小学叫果育学校，校名取自《易经》中"君子以果行育德"。刚才你们看墙上的连环画,记住了哪些故事?

(童子:有位老师奖励他一本《修学篇》。

童子:有一位老师考他《水浒传》里的一些问题,他回答出来之后,那位老师却不以为然地说:你只看大字,不看小字是不行的。

童子:读《三国演义》的时候,有一位老师说:"分久必合,合久必分"其实是一个错误的说法……)

在钱穆旧居讲课

你们有没有注意到楼上有一幅画,那画中的人是一位曾留学日本的音乐老师,当年中国许多小学里唱的校歌,都是他翻译过来或者亲自创作的,他叫华倩朔。荡口镇很多人姓华,这所小学的创办人叫华子才;刚才讲到奖励一本书给钱穆的国文老师也姓华,叫华山。你们在作曲家王莘故居有没有留意到他的音乐启蒙老师是谁？就是华倩朔。这位音乐老师深受全校师生的敬重，他不仅在荡口教音乐，还在苏州城里一所中学教音乐，每个星期他都要进一次城。每当他回来，他乘坐的小船穿过小镇时，镇上的人都站在两岸围观，"俨如神仙之自天而降"。这句话是谁说的？钱穆说的。那个时代的人对一位老师如此敬重，给了少年钱穆非常深的印象。

华倩朔老师不仅教钱穆音乐，还兼过他的国文老师。有一次，老师让他们写一篇关于"鹬蚌相争"的作文——他们的作文课一般是在周六的下午——要求当堂完成。周一早晨，钱穆刚进校门，就发现他的作文已被贴在教室外墙上，许多同学在围观。他的作文大约四百字，后面有华老师的评语："此故事本在战国时，苏代以此讽喻东方诸国。惟教科书中未言明出处。今该生即能以战国事作比，可谓妙得题旨。"少年钱穆的作文结尾这样写道："若鹬不啄蚌，蚌亦不钳鹬。故罪在鹬，而不在蚌。"老师还有一句评语："结语尤如老吏断狱。"

就因为这篇作文，钱穆跳了一级，华老师也特意奖给他一套上下册的《太平天国野史》。他到晚年还说自己生平爱读史书，从头到尾通读的第一部历史书就是《太平天国野史》。这是不是为他后来成为历史学家埋下了伏笔呢？

跳级后，教他国文的老师是华山。他又因为一篇作文得到欣赏，再跳一级。华山老师也奖励给他一本书——《修学篇》。这本书是日本人写的，由留学日本的蒋百里译为中文，书中列举了英法等国不经学校自修苦学成为学者的数十人，并一一记述他们苦学的情况。中学之后，钱穆没能进入大学，而立志苦学，也是受了这本书的影响。

最早送钱穆书的两位老师，以及翻译《修学篇》的蒋百里，都成了他生命中难忘的人。

钱穆在九岁就熟读《三国演义》，能把《三国演义》里的故事讲得绘声绘色。刚才有人讲还有一位老师对钱穆的影响很大，那就是他同族的钱伯圭先生——果育学校的体操老师。没想到荡口镇影响了他一生的老师不仅有音乐老师、国文老师，还有体操老师。这位体操老师倒不是在体育方面影响了他，他后来也没有在体育方面取得什么成绩。这位体操老师影响他的是什么呢？是一种新的思想、观念，并且确立了他一生研究的方向。

钱伯圭先生听说钱穆读过《三国演义》，有一天拉着他的手，对他说"此等书可勿再读"，接着说，这本书一开首就指出天下"分久必合，合久必分"，一治一乱，这是中国历史走了错路才会这样。"若如今欧洲英法诸国，合了便不再分，治了便不再乱。"他那时只是小学生，老师却坦诚地跟他说这样的话，以后读书，他就将这些话牢牢地记在心中。"东西文化孰得孰失、孰优孰劣，此一问题围困住近一百年来之全中国人"，他一生也被困在此一问题内。他十岁时，钱伯圭先生就耳提面命，揭示此一问题，他说自己如巨雷轰顶，全心震撼，"从此七十四年来，脑中所疑，心中所计，全属此一问题"，他的用心也全在此一问题上。他毕生从事学问，就是由少年时老师的这番话开启的。

这段话的意思倒不是说《三国演义》不能看，而是以怎样的眼光去看。钱穆不仅熟读《三国演义》，而且熟读《水浒传》，但他初读《水浒传》时只读大字，不读小字。后来他从顾子重老师那里知道了看书不仅要看大字，还要看小字。这奠定了他后来做学问的基础。

他在果育学校高年级时，教他国文的是从无锡城里请来的顾子重老师。有一次，顾先生听说他熟读《水浒传》，就想考考他。他心想自己读得很熟，答亦何难，便点了点头。先生随问，他随答。不料顾先生说："汝读此书，只读正文大字，不曾读小字，然否？"他惊出了一身汗，很好奇先生怎么知道的，但也只有点头。先生说："不读小字，等如未读，汝归试再读之。"他羞愧而退，开始读《水浒传》中的小字，才知有金圣叹的批注。从此他细读金圣叹批注，明白顾先生所言不虚。他以前没有这样读《水浒传》，这才知道读书不易；之前读得此书滚瓜烂熟，还如未尝读。他说自己一字不敢漏，一遍又一遍，反复读了六七遍，读得烂熟。

他后来举过几个例子，比如《水浒传》第六回："只见智深提着铁禅杖，引着那二十三个破落户，大踏步抢入庙来。林冲见了，叫道：'师兄，那里去？'"金圣叹批："看此一句，便写得鲁达抢入得猛，宛然万人辟易，林冲亦在半边也。"他说因为金圣叹这一批，才悟得《史记》写鸿门宴："张良至军门见樊哙。樊哙曰：'今日之事何如？'良曰：'甚急。'"照理应是张良至军门，急待告樊哙，但樊哙在军门外更心急，一见张良便抢口先问。正犹如鲁智深抢入庙来，自该找林冲先问一明白，但抢入得猛，反而林冲像是辟易在旁，先开口问了智深。把这两事细细对读，正是相反相映，各是一番绝妙的笔墨。

再如《水浒传》第五十九回："饮酒之间，忽起一阵狂风，正把晁盖新制的认军旗半腰吹折，众人见了尽皆失色。"金圣叹批道："大书众人失色，以见宋江不失色也。不然者，何不书宋江等众人五字也。"

钱穆说金圣叹批《水浒传》为他开了一条欣赏古书的门径。

顾子重老师学通新旧，精通历史舆地之学。钱穆说自己中年之后治学喜史地，源头也在这里。

荡口是钱穆一生学问的起点。这些果育学校的老师给予他的鼓励和指点至关重要，令他一生受益，令他念念不忘。后来他做了老师，也成了鼓舞学生的人。

　　还有一件事，也发生在荡口。钱穆参加了华龙老师开的暑期讲习班。华龙是华倩朔的弟弟，平时在苏州的一个中学教英文。这次华龙老师的课程讲的是中国各体古文，从古老的《尚书》，一直讲到清代的曾国藩，经史子集，无所不包。他选择每个时代的名篇，一个时代不过数人，每人只限一篇，一个假期讲了三十篇左右。那个暑假，钱穆大为受益。他最喜欢魏晋南北朝的那些古文，如鲍照的《芜城赋》、江淹的《别赋》、丘迟的《与陈伯之书》等。他从此诵古文，不分骈散。让他难忘的还有这次选读的朱熹和王阳明的文章。这些对他后来都产生了影响。网上有篇文章——《成就了钱穆的小学》中说：

　　　　这种方式就是今天也值得提倡：有了深入的阅读，才可能有深刻的思想，在此基础上，也才可能有所感悟和表达；朗读古文精华，掌握的是文化流贯的脉络，领会的是民族精神，这种精神势必会渗透在学生的血液里，让他们对文化有归依感和归属感；指出各个时代的精华，等于打开了一扇窗口，有志于此的，在今后学习的日子里大可依照类似方法进一步深入研讨。说到底，还是一边培养素养，一边种植一粒文化的种子。而做出这般行为的老师，只等待着学生自行掘进而已。

　　这也是我让你们背古文名篇的理由。诵读古文，"掌握的是文化流贯的脉络，领会的是民族精神，这种精神势必会渗透在学生的血液里"。你们背诵这些古文，背着背着，它们就会渗透到你们的血液里。小时候背的古文可以化在血液里，长大了就不一定化在你的血液里了。在这些古文中，可以生长出你对文化的全新领悟，令你找到一种文化的皈依感和归属感。因为你这样读着读着，背着背着，那些句子就慢慢进入你的血液里面去了，变成你的一部分，你随时可以拿出来用。钱穆少年时就是这样读书的。

等到钱穆成为老师，他也教学生读古文，教学生写作文。我们看看他是怎样教作文的。他一生都没有写白话文，只写文言文，但他的文言文比较浅显，不难读。我在他的《师友杂忆》中选了一段，我们一起来读：

> 余告诸生，出口为言，下笔为文。作文只如说话，口中如何说，笔下即如何写，即为作文。只就口中所欲说者如实写出，遇不识字，可随时发问。一日，下午第一课，命诸生作文。出题为《今天的午饭》。诸生缴卷讫，择一佳者，写黑板上。文云，今天午饭，吃红烧猪肉，味道很好，可惜咸了些。告诸生，说话须有曲折，如此文末一语。
>
> 又一日，余选林纾《技击余谈》中一故事，由余口述，命诸生记下。今此故事已忘，故以意说之。有五兄弟，大哥披挂上阵，二哥又披挂上阵，三哥亦披挂上阵，四哥还披挂上阵，五弟随之仍然披挂上阵。诸生皆如所言记下。余告诸生，作文固如同说话，但有时说话可如此，作文却宜求简洁。因在黑板上写林纾原文，虽系文言，诸生一见，皆明其义。余曰：如此写，只一语可尽，你们却写了五句，便太啰嗦了。

第一个故事讲他教小学生写作文，他出的题目是《今天的午饭》。午饭都是在学校食堂里吃的,所有人吃的是一样的饭菜,能写出什么不一样的作文来呢?他选出写得好的那篇,其实也很简单:"今天午饭,吃红烧猪肉,味道很好,可惜咸了些。"好就好在"可惜咸了些"这一句,说话要有曲折,也就是要有点味道,"咸了些"就是味道。冯彦臻前面写的那篇《距离》,如果没有最后一句,就像没有了"可惜咸了些"一样,那篇作文就不好了,那最后一句就是味道。好文章不仅开头要开得好,结尾也得好,要有韵味,要意味深长。你们在荡口镇看见了什么?如果叫你们来写荡口,你们会写些什么?哪些东西值得你们写下来?这可比"今天的午饭"内容多得多。"今天的午饭"只有红烧猪肉,你们在荡口看到的东西那么多,你们的笔墨会落在哪里呢?首先是选择,然后是怎样表达。小学生最初学习写作时,钱穆先生告诉他们,"说话须有曲折",就是不能写成流水账,否则就没有味道。有了"可惜咸了些"这一句,就不是流水账。钱穆是很会教小学生写作文的。

"一片两片三四片,五片六片七八片,九片十片片片飞",还记得这首诗吗?最后一句是"飞入芦花皆不见"。如果离开最后一句,只有前面这三句,就是很无趣的顺口溜、打油诗,有了最后一句点睛或者点题,一下子就把前面这几句游戏式的句子给点活了。

第二个故事讲的是繁和简。你们觉得写文章繁好还是简好?鲁迅写过"在我的后园,可以看见墙外有两株树,一株是枣树,还有一株也是枣树",有人觉得太啰唆了,但是如果改成"在我的后园,可以看见墙外有两株枣树",那就一点味道都没有了,一点都感受不到鲁迅想要表达的那种寂寞和单调——墙外有两棵树,一棵是枣树,另一棵还是枣树。

当然也不是所有的文章都是繁好。欧阳修的《醉翁亭记》第一句是"环滁皆山也",这是简还是繁?初稿的开头是东有什么山,西有什么山,南有什么山，北有什么山。欧阳修最后删繁就简，变成五个字"环滁皆山也"，非常简洁。

大家都会背《江南》吧：

江南可采莲，莲叶何田田。鱼戏莲叶间。鱼戏莲叶东，鱼戏莲叶西，鱼戏莲叶南，鱼戏莲叶北。

你嫌它繁吗？这就跟写两棵枣树一样，如果不这么写，鱼四面八方钻来钻去，快乐的感受，你能体会到吗？

简和繁不是问题，关键是用在什么地方。钱穆先生说，五个兄弟要披挂上阵去打仗了，大哥、二哥、三哥、四哥、五弟，一个一个都要披挂上阵。那就怎么样？太繁了。这样写是没有必要的，因为它不是重点，没有深层含义，所以你用五句来写就不好。

我们再往下读：

又一日，命诸生各带石板石笔铅笔及毛边稿纸出校门，至郊外一古墓；苍松近百棵。命诸生各自择坐一树下，静观四周形势景色，各自写下。再围坐，命诸生各有陈述。何处有人忽略了，何处有人遗忘了，何处有人轻重倒置，何处有人先后失次，即据实景互作讨论。

余又告诸生，今有一景，诸生多未注意。诸生闻头上风声否。因命诸生试各静听，与平日所闻风声有何不同。诸生遂各静听有顷。余又告诸生，此风因穿松针而过，松针细，又多隙，风过其间，其声飒然，与他处不同，此谓松风。试再下笔，能写其仿佛否。诸生各用苦思写出，又经讨论，余为定其高下得失。经半日，夕阳已下，乃扬长而归。如是，诸生乃以作文课为一大乐事。竞问，今日是否又要作文。

一日，遇雨。余告诸生，今日当作文。但天雨，未能出门。令诸生排坐楼上廊下看雨。问，今日是何种雨。诸生竞答，黄梅雨。问，黄梅雨与其他雨有何不同。诸生各以所知对。令互相讨论，又为评其是非得失。遂命下笔，再互作观摩。如是又半日。

余又令诸生各述故事。或得之传闻，或经由目睹。或闻自家庭，或传自街坊，或有关附近名胜古迹，桥梁庙宇。择其最动人者，或赴其处踏看，或径下笔。每作一文，必经讨论观摩，各出心裁，必令语语从心中吐出，而又如在目前。诸生皆踊跃，认为作文乃日常人生中一乐事。

如是半年，四年级毕业，最短者能作白话文两百字以上，最多者能达七八百字，皆能文从字顺，条理明畅。然不从国文课本来，乃从国语课及作文课来。而作文课亦令生活化，令诸生皆不啻如自其口出。此为余半年中所得一大语文教学经验。

钱穆带学生到郊外古墓上作文课，那儿有松树近百棵；他让学生每人找一棵松树，坐在松树下面，静观周围的形势和景色，各自写下来，然后再围坐在一起，让大家各自陈述。何处有人忽略了，何处有人遗忘了，何处有人轻重倒置，何处有人先后失次，互相讨论。但是这样也只是把大家在松树下看到的写了出来，仍然缺了些什么。他们坐在松树下只是用眼睛看，没有用耳朵去听，你觉得在松树下会听到什么？（童子：鸟叫声，鸟屎落地声。）有鸟叫声，鸟屎落地声，很好。（童子：还有树叶落地声。）松树上有什么？（童子：松针。）他让学生们静静地坐在那里倾听风声跟平时有什么不一样。透过松针吹来的就是松风，松风跟平时的风是不一样的。听了松风以后写出来，然后再讨论。这么一来，大家都觉得写作文是一件非常美好的事情，便产生了兴趣。原来一向怕写作文，现在会问——下次什么时候上作文课。这是钱穆教作文的又一个故事。

还有一个故事。就是一日遇到下雨，他让大家在走廊上坐下看雨，然后问今天是什么雨，学生说是黄梅雨。再问黄梅雨跟其他雨有什么不同，最后让学生进行一番讨论。这么一来，大家对雨都有了更多的认识。

钱穆从教小学开始，后来到无锡师范学校任教。有个学生叫徐铸成，后来是《文汇报》总编辑，一位很有影响力的报人。他对老师钱穆，就是他笔下的钱宾四先生印象很深。我们来读一下《忆钱宾四先生》，先读这一段：

> 上第一堂课时，铃声刚响，走进来一位身材瘦小、貌不惊人的老师，看上去不过二十四五岁，照例的"起、敬礼"，学生鞠躬坐下后，他只微笑一下点点头，放下讲义夹和粉笔匣，就滔滔不绝地讲起来了。我们的国文课，向例不采用书局的课本，而是由教师编发讲义的。这位新来的教师——随后我知是钱宾四先生，所教的第一课，我仿佛还记得是归有光的《先妣事略》，他先约略谈唐宋以来的文学源流、明代文学的各种流派和风格，以及归有光的生平和文风特点，如数家珍。然后逐句讲解这篇文章，字字句句，使每个学生都清楚明白。在伤感处，还和作者同带情感。

他一口无锡口音，而上课时旁征博引，真是口若悬河，汩汩而下。总之，这一堂课，就仿佛《三国演义》里的"诸葛亮火烧新野"一样，使五十个"关公、张飞"，个个心悦诚服了。

读了这段文章，能不能想象钱穆先生年轻时的样子？身材瘦小，貌不惊人。一开始，同学们听说教他们国文的是新来的年轻教师，都感到失望，徐铸成也暗暗地叹了一口气。等见到人估计更加失望了。没想到钱穆一开口，就滔滔不绝，讲得头头是道，而且还带着感情，学生听得清楚明白。你们觉得这堂课成功吗？当然是成功的。这是他的第一堂课，竟吸引了徐铸成和他的同学。徐铸成的文章写得好，让我们一下子就看到了一位非常善于上课的好老师。这一堂课，六十多年后还让徐铸成念念不忘，细节都记得这么清楚。

与钱穆对话

钱穆先生虽然身材瘦小，貌不惊人，且一口无锡口音，但是上课时滔滔不绝，旁征博引，口若悬河，汩汩而出。一堂课下来，就仿佛《三国演义》里面诸葛亮出山后的第一战"火烧新野"一样，使五十个关公、张飞个个心悦诚服。为什么是五十个关公、张飞？就是五十个学生。为什么是关公、张飞？当年刘备三顾茅庐请诸葛亮出山，关羽和张飞并不服气，认为诸葛亮只有二十七岁，刘备凭什么这样器重他。然而诸葛亮指挥的新野这一战打下来，让关羽和张飞心服口服了。

徐铸成的文章写得好，跟钱穆也有关系。早年遇到钱穆这样的老师，对他的人生不能没有影响。

我们继续往下读：

他还常常分别约学生去他的宿舍个别谈话，因材诱导，鼓励学生们放开眼界，刻苦钻研。不少同学从此节约零用（师范学校是不收膳宿费和学费的），先后购买了《古文辞类纂》《经史百家杂抄》及《庄子》《墨子》这类的古籍。也在他的指引下，开始看梁任公的《饮冰室全集》《清代学术概论》；浏览《胡适文存》《独秀文存》以及《新青年》《学衡》和商务印书馆出版的各种杂志。

教员宿舍是每位一间，宾四先生的房里，满架线装书，还散满在书桌、床头。我曾留心他的生活用品，也和学生一样，只有脸盆、毛巾、漱口杯、茶杯、牙刷和一袋蝴蝶牌牙粉而已。

从同学们相传的"小道消息"，知道这位老师，中学都没有毕业。据说，他在中学时，曾和好多同学联名向校长提出对教育、训育方法上的意见，校长赫然震怒，宣布签名者全部开除。经一些老师斡旋，只要划去签名，可以改为记过的处分。在此高压下，不少同学这样做了，只有他不肯低头。好心的教师曾反复劝导，他断然回答说："我签了名，就认为这样是对的，哪能把签名当儿戏！"二话不说，卷铺盖离开了学校，回家下帷自修。以后被聘为小学教师，课余仍按自己的计划攻读；在来"三师"以前，他是无锡最闻名的匡村小学的教员。

这些，我们一直没有从他口中得到证实。和我们谈话他只谈做学问，从不涉及个人经历。

徐铸成这里又讲到钱穆一个特点——会经常约学生到宿舍个别谈话，鼓励他们放开眼界、刻苦钻研。受他影响，同学们读的书不仅有中国古籍，还有近代梁启超、胡适、陈独秀等人的书，以及《新青年》《学衡》等杂志。钱穆影响了学生的读书风气。

学生在他的房间发现了什么？除了满架的线装书，书桌上也是书，床头也是书。他的生活用品跟学生一样，只有脸盆、毛巾、漱口杯、茶杯、牙刷和一袋蝴蝶牌牙粉而已。徐铸成不厌其烦地把每一样东西都写出来，这个细节非常生动。

写文章就要像徐铸成这样，他的白话文写得好，与他在无锡师范学校跟随过钱穆有关。钱穆给他们讲的第一篇文章是明代作家归有光的《先妣事略》。归有光最善于写日常生活，他的《项脊轩志》对日常细节的捕捉非常到位，情感把握也很好。读徐铸成的这篇《忆钱宾四先生》，钱宾四先生就像站在我们面前似的——身材瘦小，貌不惊人，无锡口音，滔滔不绝，旁征博引，口若悬河，因材施教。他的宿舍里满架的线装书，书桌、床头还是书；他的生活用品跟学生一样，只有几样，非常简单。你们觉得应该怎么写出这种简单？（童子：简写。）徐铸成用的是非常不"简"的写法，他把每样东西都写了出来，这是一个非常高明的叙述方式，"脸盆、毛巾、漱口杯、茶杯、牙刷和一袋蝴蝶牌牙粉而已"，而且加了一个感叹词"而已"，"而已"就是没有别的了，先生跟学生一样，真的非常简单。从这里不难看出，一篇好文章不一定要有华丽的辞藻。这篇文章中只有一个一个的真实细节，生活中的细节。今天你们写荡口，也要用你们的眼睛、你们的耳朵去捕捉一些真正有价值的信息，这些真正有价值的信息也许就是一草一木，也许就是天上的一只飞鸟，就像前面付润石找到的那只孤鹜。在荡口能找到一只蜻蜓，或者一只小蚂蚁；在钱穆旧居里面，可以找到一朵花或者一棵树。这个地方不叫故居，记住，叫旧居。这不是钱穆的故乡，而是他住过的地方。他曾在这里生活，在这里读书。我们在这里可以感受到他的呼吸，触摸到他的心灵。你们没有跟钱穆先生见过面，要写他很难，因此要善于捕捉一些细节。徐铸成写钱穆就很容易，他是钱穆先生的学生，有许多真实的记忆。

　　作为无锡人，钱穆先生也是太湖这一汪水孕育出来的一代大家，他喜欢太湖。他有一本书就叫《湖上闲思录》。他在1930年去了北京，成为燕京大学讲师，后来去了昆明，去了重庆，去了武汉，一路都在教学。1947年，无锡企业家荣德生创立了江南大学，他一生最大的梦想就是办一所大学。江南大学办起来以后，他一心想请最有学问的人来教书。钱穆是无锡人，他当然很想把钱穆请回来，那个时候也是钱穆的黄金时代。钱穆被请回来后，就住在荣巷的荣家旧宅楼上，荣德生经常跟钱穆聊天。荣德生跟钱穆说，他这一生可能什么都会被忘记，但有一件事无锡人会记住，就是在蠡湖上造了一座宝界桥。我们之前曾经过宝界桥，宝界桥有六十个桥洞，为什么是六十个桥洞呢？因为这座桥是荣德生六十岁生日时，以寿资建造的，六十个桥洞表示六十大寿。隔了六十年，荣德生早就不在了，他的儿孙又捐资建造了一座新宝界桥，现在成了宝界双桥。

钱穆在江南大学教书，办公室在楼上，从窗口远眺，太湖就在眼前。下午无事，他常独自走到湖边，雇一小船荡漾湖中。每小时只要七毛钱，任其所至，常常两三个小时才回来。从荣巷的住处到学校，沿途乡民多以养鱼为业。他说："漫步岸上，上天下水，幽闲无极。"就是在这样的环境和心境中，他写出了《湖上闲思录》，将他的闲思遐想，写成了三十篇短文，谈自然，谈人生，谈文化。

钱穆旧居的课堂

我们再来读一下钱穆江南大学的学生郦家驹的回忆：

这段时间，宾四师除了经常指点我们读书之外，每逢假日，常约我们同游惠山或梅园、蠡园，每游必尽兴。一同出游时，宾四师也常常谈到如何读书，反复强调读书时要能一心用在书上，心无旁涉。而观赏风景时，也要一心用在山水之间，要能乘兴之所至。宾四师的意思，就是让学生知道读书有如游山一般，要能专心致志，心无二用，自然能从中感受到大有乐趣。宾四师还说过读书如登山，拾级而上，每登临一山峰，俯视山下，必有不同，殆至顶峰，然后方能领略一个全新的境界，方能"一览众山小"。读书也应如登山一般，随着读书越多，思考的问题越多，就能触类旁通，进入不同的思想境界，不至沾沾自喜于一隅之得，游山水也不能死守在一个狭窄的天地里。这一类的教诲，是宾四师常常要谈的一个主题。

这段话中有很多值得你们慢慢去体悟的地方。读书跟登山一样，你登得越高，看见的就越多、越远，不要为自己的一隅之得沾沾自喜，要不断地追求登高望远。王国维说治学的三境界，第一个境界就是"独上高楼，望尽天涯路"，只有站得高才能看得远。

童子习作

一张旧照片

金恬欣

钱穆旧居的大门开着，里面只有一张黑白大头照。

那个穿着中式长衫、戴着金丝边眼镜的年轻男孩被定格在镜头前。

空空的院子里，早已没有了钱穆的踪迹。

我失望地走出院子，想再发现些属于他的东西。新刷的墙粉白粉白的，在阳光的照耀下极其亮堂；街上的游人拿着崭新的手机，对着镜头比"耶"的手势。果育学校在哪儿？那个貌不惊人、口若悬河的先生去了哪儿？

锃亮的玻璃窗刺痛我的眼睛。世界变了，钱穆隐没在太湖的烟波中。他留给我们的，只有一张又一张的大头照。

"珍重珍重，这是我新亚精神。"我耳边传来一阵若有若无的吟诵声。他告诫学生写文章要一语可尽的场景还历历在目。荡口的每一个声音里，都载着钱穆的教诲。他在这里被教导成人，也在这里教导别人。这里是他人生的开始。

素书楼里的晚年，是安逸的晚年。他听着大学里的风声雨声读书声，想着他满天下的桃李，想着新亚书院的菁菁学子，想着中学小学里那些可爱的笑脸……

路边小贩的叫卖声将我猛然惊醒。

墙角处，一个姑娘安静地绣着，一针一线勾勒着，一幅隐约的面孔——钱穆的灵魂早早藏在一幅幅苏绣中；而新亚精神，也印在了荡口人的心里。

一块石头

解芷淇

我是一块石头，

我是一块有灵性的石头，
我见过钱穆调皮又刻苦的样子，
他趴在屋脊上，
读着《三国演义》。

我是一块有灵性的石头，
我见过钱穆虚心受教的样子，
他靠在床头，
看着《水浒传》。

我是一块有灵性的石头，
我见证了钱穆的一生，
现在的我是一个美丽的石哨。

不起眼的努力

袁子煊

一簇酢浆草在荡口一个不起眼的角落，不起眼地努力着。这不是别处，这是钱穆旧居的后院。门前街道上依然人来人往，那条石板路不知被多少人踩踏过。终于，酢浆草开花了，但粉色的花几乎没人注意。

钱穆，一位大名鼎鼎的国学大师。他付出了多少不为人知的努力，才会有在他讲课时连窗口都趴满了人的景象。起初他跟酢浆草一样，没人知晓。他们在岁月中饱经沧桑，在阳光、雨水中吸取甘露，在书本、言语中汲取养分……

我们只看见他们成功时的喜悦，却没看见他们努力的过程、他们流下的汗水以及遭受的挫折。

也许钱穆没有注意过这里的酢浆草，也许那时候还没有它，但是他们有一个共同的特点——一直不起眼地努力着。

荡　　口

查雯茜

太阳很大，直射下来。整个荡口古镇被包裹在用来降温的水雾中。

哪位老师第一次上课就能像《三国演义》里"诸葛亮火烧新野"一样，使五十个"关公、张飞"心服口服？是钱穆。

钱穆生活在荡口这个小镇。他年少时就很爱看书，经常在后院的假山上读啊读，天色暗了，就到屋顶上看。

他没有上过大学，却成了大学问家，这和他的小学经历有很大的关系。他的小学就在荡口，名叫果育学校。在这所学校里，有许多对他影响很大的老师，比如钱伯圭先生、华倩朔先生等。

荡口，一个成就了钱穆的小镇。

是钱穆

张舜宇

一条小船在水中划着，
一只鸬鹚在船上叫着，
水被船划开，
雾被渔歌拨开。
渔人问道：
谁是爱河的人？

一棵桃树在河边摇曳，
一朵桃花在树上诵诗，
河被桃树遮掩，
花被人们赞美。
桃花问道：
谁是爱读书的少年？

一叶扁舟在河中开过，
一位老师在舟上歌唱，
河被扁舟推动，
人被歌声吸引。
老师问道：

谁是上学获奖跳级的人?

是我,是我!
一个男孩叫道。
他坐在屋顶,
手拿《三国演义》,
望着小河
和河上的小船。
不知国弱因为何?
——钱穆想。

读荡口

沈聿锴

读荡口,
读的是什么?
是那白墙黑瓦、小桥流水的风景吗?
是那艳红的灯笼和悠闲的船夫吗?
是那匆忙的游人和他们脸上的笑意吗?

沿着铺满石头的小巷,
想着想着,
我们便走到了钱穆旧居。

那间木屋在阳光下泛着柔和的金光，
向人们讲述着从前的故事。

在院子里，
我们高声朗读《新亚书院校歌》。
"珍重珍重，这是我新亚精神"，
仿佛在荡口，也仿佛在彼岸。
我们在荡口读钱穆，荡口也在读我们。

岁月的砖

陈禹含

我是钱穆旧居屋脊上的一块砖，无数岁月从我的缝隙中穿过，留下时光的影子。我见证了钱穆幼时的岁月。

年幼时，我放眼望去，钱穆与他的爸爸站在卖鱼桥边。父亲问他："我们现在在哪里？""在桥旁。"钱穆回答。父亲问："把'桥'字'木'字部改成'马'字部，是什么字？""是'骄'。"钱穆答。父亲又说："小钱穆，昨天的事情你是不是太骄傲了？"钱穆点点头。我远远看着，心想这不是一个普通的孩子。

还有一次，月明人静时，他独自坐在屋顶上看《三国演义》。他还让我保密呢！从他的眼神中我看出，他——钱穆，绝不平凡。

他很年轻就去教小学生了，我不知道他后来的故事，没有听过"珍重珍重，这是我新亚精神"这首校歌。今天，在这个小院里，一群小学生在诵读"珍重珍重，这是我新亚精神"，还有老师在讲述钱穆的故事：有一次，钱穆教作文时，问学生那天下的是什么雨，大家都说是黄梅雨；他又问黄梅雨有什么特点，之后让大家先讨论，再下笔；这样，学生的作文大有长进。

"珍重珍重，这是我新亚精神"，又一次出现在我的耳中，那整齐的诵读声震撼着我的心。

我一边听着孩子们的读书声，一边为钱穆感到高兴。如今，我周边的砖瓦全焕然一新，爬山虎也渐渐爬回了历史，竟然还有这样一群童子手舞足蹈地述说着钱穆的旧时。

回　忆

陈姝含

我是钱宾四先生的一位学生，那时我才九岁。入学时，碰巧学校里来了位新教师，听说要来教我们班，同学们都有点儿失望，我却不以为然，认为这位老师一定不一样。果然这位老师的课把我们都吸引住了，让我记忆犹新的是第五堂作文课。为了讲清楚经过，我还是先摘抄一篇日记吧：

19xx 年 x 月 x 日　星期 x　雨

今天是钱宾四先生为我们上作文课，原计划要去附近的公园写景，却不巧下了雨，便待在了教室里。这时宾四先生忽然问道："这下的是什么雨？"我们应答是黄梅雨，先生让我们观察这雨和平时有什么不同。同学们七嘴八舌："这雨比平时下得要大！""声音也挺响！""打在手上好疼！""雨珠比起春雨似乎更大！""我还是喜欢春雨，它的声音好听！"……

　　同学们说了很多，先生说我们说得很好，要求我们写下来，这下我们便自然成章。写完后，大家互相分享，吸取其他同学的长处，再把作文加以修改。

　　宾四先生是我的作文启蒙老师，他身材瘦小，与其他老师有许多不同之处，到现在我还记得他教我们的第一篇古文："古之学者必有师。师者，所以传道受业解惑也。"他就是这样的"师"。

灵　魂

张雨涵

都说太湖是个空空的湖，
但荡口不是，
或许那个古镇，
从未逝去。

因为钱穆仍在，
那栋旧居仍在，
一切终究会填满荡口，
他的颜色，

早已不是灰白。

或许钱穆逝去了，
但他的灵魂，
不会飘散。
那是他的灵魂，
亦是荡口的灵魂。

空与满
徐朵露

  一叶一世界。我手里有一片绿油油的树叶，上面的叶脉很浅，基本看不见，给人一种空空的感觉。

  一方水土养一方人。无锡荡口出过许多名人，数学家华蘅芳、写出《歌唱祖国》的作曲家王莘、画漫画出名的华君武，还有高中都没毕业却成为国学大师的钱穆……突然，我发现手上的叶子叶脉变多了，上面似乎还有钱穆他们的痕迹。

  其实，我们每个人都是叶脉的一部分。我们怎样才能为树叶添上更多的叶脉呢？做一个平凡的人，还是做一个平庸的人？这两种人表面上没有什么区别，实际上却是两种完全不同的人。我决定做一个平凡有追求的人。

  低头一看，我手上的树叶叶脉已经密密麻麻。

四、一生知己是梅花——梅园篇

先生说

我们现在来到了梅园，这是荣德生建的。他是一代实业家，生平喜欢梅花，刚才我们在门口看到了七个字——一生低首拜梅花。荣德生修梅园，种梅花，却不关起门来自家欣赏，而是向社会免费开放。1928年11月，三十三岁的郁达夫来到无锡，住在梅园。他在旅途中写下了《感伤的行旅》，我们先读其中两段：

梅园是无锡的大实业家荣氏的私园，系筑在去太湖不远的一支小山上的别业，我的在公共汽车里想起的那个愿望，他早已大规模地为我实现造好在这里了。所不同者，我所想的是一间小小的茅篷，而他的却是红砖的高大的洋房；我是要缓步以当车，徒步在那些桑麻的野道上闲走的，而他却因为时间是黄金就非坐汽车来往不可的这些违异。然而人同此心，心同此理，看将起来，有钱的人的心理，原也同我们这些无钱无业的闲人的心理是一样的，我在此地要感谢荣氏的竟能把我的空想去实现而造成这一个梅园，我更要感谢他既造成之后而能把它开放，并且非但把它开放，而又能在梅园里割出一席地来租给人家，去开设一个接待来游者的公共膳宿之场。因为这一晚我是决定在梅园里的太湖饭店内借宿的。

　　大约到过无锡的人总该知道，这附近的别墅的位置，除了刚才汽车通过的那支横山上的一个别庄之外，要算这梅园的位置算顶好了。这一条小小的东山，当然也是龙山西下的波脉里的一条，南去太湖，只有小三里不足的路程，而在这梅园的高处，如招鹤坪前，太湖饭店的二楼之上，或再高处那荣氏的别墅楼头，南窗开了，眼下就见得到太湖的一角，波光容与，时时与独山、管社山的山色相掩映。至于园里的瘦梅千树，小榭数间，和曲折的路径，高而不美的假山之类，不过尽了一点点缀的余功，并不足以语园林营造的匠心之所在的。所以梅园之胜，在它的位置，在它的与太湖的接而又离，离而又接的妙处，我的不远数十里的奔波，定要上此地来借它一宿的原因，也只想利用利用这一点特点而已。

　　郁达夫在梅园看到梅花了吗？（童子：没有。）你们觉得梅园的中心是什么？或者说梅园是以什么为中心的？（童子纷纷回答。）

　　现在有两种答案，一种是梅园的中心是梅花，一种是梅园的中心是荣德生。到底梅花是梅园的中心，还是人是梅园的中心，这个问题我们可以慢慢地思考。郁达夫1928年来到梅园，你们觉得他在写梅园的时候，他的重点是梅园的梅花还是梅园的人？他几乎没怎么写梅花，"瘦梅千树"只是一笔带过。现在也不是梅花开的时候，十二年前我第一次来这里，正好赶上梅花大开，到处都是梅花，看也看不过来，我觉得那天的梅园特别大；今天的梅园却没那么大，一路上没有梅花，这么一片地方，很快就走完了。花开的时候，这里看一下，那里看一下，到处都是梅花，一个梅花的海，我们身后的建筑香海轩上就挂着两个字——"香海"。梅花开时，是梅园最美的时候。

梅园

郁达夫的朋友成仿吾倒是看到了梅园的梅花，可惜他只是在黄昏时走马观花，匆匆忙忙。他的《太湖游记》中一笔带过："一堆堆绰约的梅花空在晚风之中把她们的清香徐吐。"

我们还是先来读读盖绍周的《探梅漫记》：

到了梅园，我们便向园中钻入，否，不如说是向梅花中钻入。因为顺着路走去，前后左右都是梅花，是梅花筑成的一条路，是梅花带的路，花是开了一半了，都是单瓣子的白梅。走不多远，仿佛梅花将路堵住了，一抬头有一座亭子，亭子旁围着梅花，亭前一块空坪，夕阳中的太湖，真美极了！亭后又有一带梅林，便是一块绝大的太湖石，镌有"小罗浮"三字……

由亭南下，左边是花房，右边是一栋卖茶的精舍，有照相馆。红梅几大盆，异香扑人。过此再南，两边都是一片梅林，白茫茫一片不知是雪是云是海？中间一座高亭，有池有洞，亭前有一圆场，绕以冬青，杂植梅树，两块高逾数丈的大石矗立其间。再前则为梅园正门了。门内有小学一所。

从钻入梅花中，梅花筑成的路，梅花带的路，仿佛梅花将路堵住了，直到开满了白梅的梅园——不知是雪是云是海。梅花开时的盛况算是被盖绍周写出来了。更有意思的是接下来的月下看梅：

我们从万梅花中发见一个奇迹，一轮亮晶晶圆溜溜的月亮出来了。人在梅花中月光下三重的皎洁，这月光好像要化作千万朵梅花来分梅花的香，这梅花也好像要化作千万轮明月来分月光的色。这人更好像要化作千万朵梅花与千万轮明月来分他的香与色。但我只需要：

二分明月三分色，一瓣梅花半瓣香。

我们在梅林中如几双鹤儿踱来踱去，向月光明处行，向梅花深处寻，不觉绕到太湖饭店后面。这一带的地势如横琴，地势一层一层高，一层有一层不同的建筑，层层皆可望太湖，层层皆有各种的花木。

…………

　　站在一株最清瘦的梅树下，想涤心净虑，领会这当前的圣洁之景。因念我生碌碌三十余年，饱经人世未有之忧患，既不为名，亦不为利，为何扰扰红尘？只缘人类的一点责任心，放卸不下，以故终日如负重荷，未尝有一刻之安。尘念昏昏，亦未尝有一日之清明。我深愿做一个太平时代的钓叟，但不幸而逢大乱之秋，避世的思想为不可能，归田的幻梦仍归于幻梦。只有抓着一刹那间的一点灵机，像清凉散，非兴奋剂，对于自己的本性本体，或者能借梅的孤高，月光的皎洁，明湖的宽涵，多少启悟一点智慧，也未可知，因此，我幽幽站在这株梅树下凄清的徘徊。

像这样在月光下看梅花的情景，不知道梅园的主人荣德生是否领略过？再来读读徐国桢的《梅花大观》，他在梅园看饱了梅花：

　　梅园之内，是梅花的疯狂世界。梅树一丛连一丛，梅花一堆接一堆，到处是梅树，到处是梅花。梅花盛放，几乎把梅园涨裂。不愧是一个梅花之国，泱泱乎大国之风也。
　　梅花之不是家花，正如仙鹤之不是家禽。鹤不能离云，离云就觉得呆。梅不能离山离水离石，离山离水离石之梅，就觉得贫……梅园占据了一座龙山，昔日龙山是龙山，现在龙山是梅园。梅园的好，好在辟山构筑，以梅饰山，以山饰梅，虽是一群家梅，给家梅保存了一些野态，使梅花稍减去些虎落平阳的悲哀……

他还说了一句："梅园梅花大阵，好比十万大军，聚屯龙山，气象万千，气势充沛。"他在梅园看到的是梅丘、梅山、梅海，一个梅花之国。

荣德生一生最爱的是梅花，这个"梅花之国"就是荣德生建造的。梅园里有一副对联："万顷烟波宜水月，一生知己是梅花。"我很喜欢。到底梅花是他的知己，还是他是梅花的知己？我在《大商人》这本书中写荣氏兄弟，其中一节就叫《一生知己是梅花》。我们来读一段：

梅花是他[1]的最爱，1912年，他在离太湖边不远的山坡上买下一处旧时的私家花园，并陆续在周边买地扩建，几年间种下梅花三千株，加上其他花木，到1914年初成规模，他自称"一生低首拜梅花"，亲手题写"梅园"二字。近百年后，梅园初建时他在大门口手植的紫藤仍在，梅花依旧年年盛开。张謇有诗"梅花早说梅园好"，他没有把梅园据为私有，关起门来独自享受，而是免费对外开放，梅园从此成为无锡重要一景。小商小贩在梅园穿梭来去，荣德生不但没有将他们挡在外面，反而为梅园能给他们带来生计而高兴。当年有人甚至称他为"梅园孔圣人"。

任何人都可以在梅园进进出出，梅花开时，尤其热闹，很多小贩进来，叫卖各种各样的东西，声音嘈杂。有人曾向荣德生建议把小贩赶走，荣德生

---

[1] 指荣德生。

没有同意。他认为梅园能给这些人带来生计，他们可以有饭吃，这是一件好事。1928年郁达夫来的时候，梅园已经建成十六年了。郁达夫在梅园里面的太湖饭店住了一晚，他说要感谢荣氏，这样的一个梅园不仅向公众开放，而且里面还有可以借住的地方。他觉得这是一个实现了他空想的地方。他的那篇《感伤的行旅》本来的调子是非常感伤的，但因为写了一位充满积极态度的实业家，就不一样了。郁达夫的文章没有提荣德生名字，只说荣氏，荣氏兄弟共同创业，但这个梅园其实是荣德生的，不是他哥哥荣宗敬的。他哥哥另开辟了一个锦园，锦园小一点，离太湖更近，梅园比锦园更有名。荣德生非常喜欢自然。郁达夫说梅园的位置选得好，"梅园之胜，在它的位置，在它的与太湖的接而又离，离而又接的妙处"。这里有山，有水，而且远离城市的喧嚣，很安静。即使不是梅花开的时候，来这里走走也觉得赏心悦目。我们今天来，虽然没看到梅花，但树上结着梅子，满树都是绿的，我们也可以称它是"绿园"。梅花谢后，叶子长出来，这一大片梅林，是鸟的世界。梅花开时，它是"梅园"。此时，没有梅花，它就是一片绿色的海洋。如果梅花开了是一片"香海"，那么现在就是一片"绿海"。

许多人来梅园，都没有碰到梅花开，就像我们今天一样。我们来读钱歌川的《无锡纪行》中关于梅园这一段：

……走不到多远，路被一丛树木挡住了，把路分为两支，在那树丛中却包着一块丈高的青石，上面镌着"梅园"两个大字。过此石碑，路又合而为一，再向上登，地势渐高，路又分为左右二途，再上为一方地，有几个奇形怪状的、像巨人一般的太湖石矗立其中。过此我们再寻小路朝山上爬去，举目四顾，一片梅林，几无杂树。可惜我们来时已在夏初,白的梅花早变成青的梅子了。累累然满枝满树,使人想见花时的盛况。这儿与其说是梅园,真不如说是梅山。我们在遍山遍岭、千树万树的梅林中钻来钻去,有时意外地从丛绿中现出一个亭子来,有时又见小桥流水,假山石洞,若把梅园譬作一个天工的森林,这些地方便是人工的点缀了。后来遇到了一个大楠木厅,题为诵豳(bīn)堂,有二三起人各各围坐在堂畔的台地上品茗,一树绝大的五爪枫,像翠盖一般地张在他们的上面。我们初初看见这种露天茶室,满以为就是太湖饭店了,谁知还不是我们的目的地,我们只好耐着性子跟向导者再进,随即我们在重重密密的树叶中看到了一个宝塔似的建筑物,我们朝那方向走去,快走到高塔的下面,就在路旁看到了一处西式的红砖房子,门前横着一座悬桥,联络着两所二层楼的洋房,这便是太湖饭店了。我们走进饭店,拾级登上了悬桥,一望太湖,万顷波光,全在眼底,湖中近渚远山,重重相衬。我呆呆地眺望着湖光山色,仿佛自身已登上了范蠡的一叶扁舟,而在五湖中荡漾去了。等到他们把我唤回来,转身望了一下悬桥的另一方面,则见山下的麦田,金黄一片,登时使我联想到去春游平,第一次登景山俯瞰故宫时所得的印象。

钱歌川看到的和我们今天所见几乎一样,"举目四顾,一片梅林,几无杂树"。看到"几无杂树",你们会想起什么?(童子:《桃花源记》。)《桃花源记》中怎么说的?(童子:中无杂树,芳草鲜美,落英缤纷……)钱歌川活用了"中无杂树"。如果他也说"中无杂树",那就不够恰当,他改了一个字,变成"几无杂树"，就很好。你们抬头看看，有没有杂树？远远看去，除了梅树还有别的，比如桂花树，钱歌川那个时代一定也有一些杂树。他改动一个字，既突出了梅树，又合乎事实——还有其他的树。准确地使用母语，有时候就是一字之差。钱歌川的"可惜我们来时已在夏初"，这个"可惜"，就像钱穆教小学生写作文"可惜咸了些"一样，"可惜"就是拐一个弯，说话有了曲折。

今天，我们在梅园看到的主要是什么？青的梅子。乐农别墅前的三张石桌也意义不凡，它们其实是荣氏创业之初的石磨的碎片，后来用水泥粘了起来，外面套了铁箍。荣家非常看重这几台石磨，他们最初就是凭这几台石磨起家的，它们是荣家的宝贝。梅花是荣德生的最爱，石磨对荣德生有特殊的意义，是荣氏发家的纪念物。十二年前我到这里来寻找荣家留下的痕迹，关于荣氏兄弟那篇有一节的题目就是《四台石磨》，是从石磨这个角度切入的。

回到钱歌川的文章，他没有赶上梅花开，他是怎么写的？我们把这句读出来：

可惜我们来时已在夏初，白的梅花早变成青的梅子了。累累然满枝满树，使人想见花时的盛况。这儿与其说是梅园，真不如说是梅山。

为什么说它是梅山？有很多梅就叫梅山吗？（童子：梅园的地形是个山坡。）对，坡地。其实这里本来是龙山，因此叫梅山也是可以的。

接下来他"在遍山遍岭，千树万树的梅林中钻来钻去"，丛绿中竟出现了亭子、小桥流水、假山石洞。然后他们到了"诵豳堂"，"豳风"出自《诗经》，刚才在诵豳堂有人发现墙上有《诗经》中《豳风·七月》那首诗。诵豳堂还有一副很有名的对联，那也是荣德生很喜欢的格言：

发上等愿，结中等缘，享下等福；
择高处立，就平处坐，向宽处行。

我们今天看到的梅园与钱歌川看到的是同一个，我们走的路线与他走的路线也接近。他说这里有绝大的五爪枫，等一下你们可以去找一下，看看那翠盖一般的五爪枫如今还在否。

与梅园对话

钟敬文当年来梅园，也不是梅花开时，但他来到梅园的门口，心中还是不期然地充满希望和喜悦，因为慕名已久，想着梅园里应该有大规模的梅树。

我们来读钟敬文的《太湖游记》中关于梅园这一段：

　　……可惜来的太迟了，"万八千株芳不孤"的繁华，已变成了"绿叶成荫子满枝"！然而又何须斤斤然徒兴动其失时之感叹呢？园里的桃梨及其他未识名的花卉，正纷繁地开展着红、白、蓝、紫诸色的花朵，在继续着梅花装点春光的工作啊。我们走上招鹤亭，脑里即刻联想到孤山的放鹤亭。李君说，在西湖放了的鹤，从这里招了回来。我立时感到"幽默"的一笑。在亭上凭栏眺望，可以见到明波晃漾的太湖，和左右兀立的山岭。我至此，紧张烦忧的心，益发豁然开朗了。

没有梅花的梅园照样可以带给人豁然开朗的感受。
我们再来读一读赫森的《笼罩在黄昏的烟幕里的梅园》。他来梅园的时候，有没有梅花在开？读这一段就知道了：

　　我因此想如果在残冬季节到此，则遍园梅花，开得正盛，景物当益加美丽。只可惜这种天气，还不是开梅花的时候，未免觉得有些美中不足了。

现在不是梅花开的季节，我们跟郁达夫、钱歌川、赫森会有更多同感。看看不同的时间进入梅园的人，在梅园所见所思有哪些相通的地方。继续往下读：

　　转了几个弯，我们登上了"招鹤坪"。一亭翼然，在黄昏的晚烟中，看去颇带几分苍茫之感。再自坪上下转，到了园内的太湖饭店。将手提箱大衣等放好了之后，因为舍不得将园中的晚景放过，我们再出来游遍全园。最后登上梅园的顶端，那时天色已是很暗，周围的山色，都现着苍灰的颜色；自顶端往下面望，整个的景色，就像展在面前的一幅巨大的名画：树外是屋，屋外是山，山外是水，水外又是山，层层叠叠，使人不由自主的觉到自然的伟大；白色的晚雾，无力地绕着山腰，山色是自山麓到山顶，渐渐的从深灰的颜色，逐渐的淡了下来。那时我想如果世上真有琼楼玉宇的仙界，无疑地一定是在四山的浓雾深处。再看看微现白色的太湖，真是安静得像一个将要熟睡的少女，毫无声息，毫无动静，可是就在这无声无息中，却透出一种诗样的柔和的美，湖上蒙着一层轻绡似的水气，更似乎供给一些诗人的遐想。我对着这一幅美的展开的图呆看着。四围逐渐暗了下来，山麓人家的炊烟，也在树丛里挂了起来；一队鸟儿，从右边的屋后飞了起来。我用力地将眼光跟着它们，我觉得似乎整个的心灵，也随着它们飞升到对山白雾深处，踏进了理想的极乐的境界里了。

因为看到一队鸟儿，赫森用力地将眼光跟着鸟儿，似乎整个的心灵也随着鸟儿飞升到对山白雾深处。今天梅园的鸟好像也不少，鸟也是你们笔下可以捕捉的对象；之前在钱穆旧居有几个同学每人抓住了一样东西，袁子煊抓住了酢浆草，金恬欣抓住了一张旧照片，他们的作文也就写出来了，而且写得好。赫森登上梅园的最高处看到了什么？"树外是屋，屋外是山，山外是水，水外又是山，层层叠叠……"即使没有梅花，梅园也有可看之处，而且可以看得远一些。你们要像作家赫森一样，看见更远的地方，要看见梅树的外面还是梅树，都是梅树。即使没有梅花开，梅树上还有梅子；即使没有梅子，梅树丛中还有鸟，还有虫。

在没有梅花开的季节来梅园，怎样体会梅园的中心？梅园的中心到底是梅花还是人，我想不同的人会有不同的答案，没有标准的答案。你可以认为梅园的中心是人，你也可以认定梅园的中心就是梅花。没有梅花开的时候，梅园一片冷清；等到梅花开了，看梅花的人来了，梅园就热闹了。大部分人都是冲着梅花来的，但也有人是冲着人来的，他们要在梅园看人留下来的痕迹，特别是荣德生在这里留下了很多遗迹。

我们现在所在的这个区域的建筑物是荣德生留下的，这些建筑物保存完好，它们代表了梅园主人的审美。荣德生有两大爱好：一个是爱梅花，"一生低首拜梅花"，梅园中的梅花都是他所爱的；第二个爱好就是艺术，诵豳堂里挂的字画有他的画家朋友送他的，也有他自己写的、画的。他喜欢画，更喜欢写字；平时有空，他喜欢练书法，"梅园"这两个字就是他自己写的。他的画不算特别好，他的字写得还可以。

根据父亲遗愿，荣毅仁在1955年将梅园送给了无锡市政府，但乐农别墅当时还属于荣家。

梅园还有一个特别的地方，就是豁然洞读书处。从1927年到1937年，十年的时间，豁然洞这儿开了两个班，一个甲班，一个乙班，相当于一个书院，学生的程度分别相当于初中和高中，他们各读两年。除了荣家兄弟，还有部分外姓子弟，在这里毕业的人前后将近一百人。荣毅仁当年就是在这里毕业的，他留下了许多作文，他的作文还是用文言文写的，偶尔他也写一点诗。我选了两首，一首写蝉声，一首写草。我们先读《蝉声》：

> 独步梅园树，高蝉正悲鸣，
> 悲鸣毋吝惜，我来得同行。
> 君以洁自居，我以士廉清，
> 执书不敢读，恐致客心惊。

可惜我们今天听到的只有鸟声。我们再读一下他的《草》：

> 浒山绝顶草，岁岁有枯荣，
> 野童火之尽，明年春又生。
> 绝顶平作场，而草仍蔓盈，
> 草有荣枯时，人岂无代更。
> 枯荣无时已，代更失我名，
> 岁月度飞鸟，等闲令人惊。

荣毅仁的《蝉声》仿的是哪位唐代诗人？（童子：骆宾王。）骆宾王的《咏蝉》中有："无人信高洁，谁为表予心？"少年荣毅仁的"君以洁自居"很可能就是从这里变出来的。

《草》仿的谁？（童子：白居易。）白居易有名句"一岁一枯荣"，荣毅仁这里有"岁岁有枯荣""草有荣枯时""枯荣无时已"，以及"野童火之尽，明年春又生"，很可能是从白居易的"野火烧不尽，春风吹又生"中来的。那个时候荣毅仁只是个中学生，他的诗也只是对古人的模仿，并没有那么出色。但在梅园读书的岁月想来是他一生难忘的。

豁然洞在梅园的高旷之处，山下梅花千树，远处则太湖在望，是一个非常适合读书的地方。他们当年在这里读《古文观止》，也在这里读英文。那时梅园的读书声也是一道风景，发起赴法勤工俭学运动的教育家吴稚晖等人每次到梅园，都要来豁然洞听读书声。地质学家丁文江曾在梅园的太湖饭店养病半年，每天听着豁然洞读书处琅琅的书声，他的病神奇地好了。世上最美读书声，你们留给梅园的读书声也很美。荣毅仁写过一篇作文《豁然洞记》，其中有几句话写得清新可诵，我们一起来读：

> 尝泛舟五里湖中，回见浒山苍郁，矗峙于百千梅丛中，如炮台然。而豁然洞隐其腋下，于是乡人多号之为"炮台"。……两侧翠枝倒垂。春日梅花盛开之时，红绿相间，幽然成趣。是洞夏可以避暑，冬可以保暖，诚揽胜之美地，休息之安所也……

豁然洞读书处的主课是国文、英文、作文，荣毅仁的中文根底就是在这里奠定的。他后来到上海圣约翰大学，就是全英文教育了，就不读中文了。《豁然洞读书处文存》一共印过四册，收入了四十一个学生的几百篇作文，其中有古文，有诗词，也有对联，荣毅仁他们几个兄弟的作文，里面都有。

荣德生为《豁然洞读书处文存》写过一篇序言，他说自己不是科学家，也不是文学家，但是由他经商的阅历可以知道，为人常识不可不充足，文字不可不通顺。学中文的目的不是为了成为作家，多数人都不会成为作家，而是要写出通顺的文章。通顺是第一关，是最基本的底线。荣德生说的文字通顺，至少要做到两条："以达意志，以记事物"，就是能把自己的意思说清楚，能把要记的事情写清楚。这是作为一个平常人所要达到的基础，不管从事什么职业。有的同学天赋高一点，更有才华，将来也可以成为作家。但母语教育的第一目的是能写出通顺的文章，这是每个人都要做到的。大家还记得荣德生读了几年书吗？他只读过五六年的私塾，毕生以经商安身立命。但他不仅毛笔字写得不错，文章也写得通顺。将文章写通，对于他成为一个大企业家，是不是很重要？你们将来无论是想成为企业家，或从事其他行业，都要过文字关，这是基本功，是每一个平常人都要达到的底线。

梅园如果以人为中心，除了荣德生，还有哪些人？没有看到梅花开的郁达夫、钱歌川、赫森、钟敬文；看到了梅花开的盖绍周、豁然洞读书处的学子荣毅仁等；听过他们读书声的吴稚晖、丁文江等人。今天你们来了，你们是不是也可以成为梅园的人？

最后，找一句话为梅园这一课做个结束，你们觉得哪一句话最漂亮？

　　自顶端往下面望，整个的景色，就像展在面前的一幅巨大的名画：树外是屋，屋外是山，山外是水，水外又是山，层层叠叠，使人不由自主的觉到自然的伟大……

我们的课就到这里，去找五爪枫和豁然洞读书处吧。

童子习作

一生低首拜梅花
付润石

五月，梅园的梅花早已开尽，落花消失在泥土里，新叶已在初夏的旋律中生长起来。梅有开有落，人也一代代地更迭。不但游客不再是当年的游客,梅花梅树也不再是荣德生的了。

我们从正门进梅园,怀着敬畏之心走过石碑,眼前是一片绿的海洋。虽然此时并非二三月,见不着"香海",但梅树用满山的绿填补了无香的空缺:近处是淡黄微红的新芽,在微风下摇曳着;梅的后面也是梅,碧绿遮天蔽日地扑来;远处有几栋别墅,爬山虎四处蔓延,深绿的色彩想要遮住红砖墙;最远处则是看不清楚的绿,满山的绿,淡一点的、深一点的,一块块不同绿色的斑点覆盖住全部的山丘,随风起伏,真有点"绿云扰扰"的感觉。

穿过矗立的太湖石,我们来到乐农别墅。这里依然是梅树的世界,山丘之间、门前空地,到处是梅的身影。梅子绿了,我很想尝一口,体会一下昔日荣氏创业的酸辛。只可惜此时梅非彼时梅,荣德生早已用自己的朴实感化了这片土地,新长的梅应该没有那时的味道了吧?

乐农别墅是荣德生的纪念馆,但我们的思绪游离在屋外。屋外空地上有三张石桌,它们其实是四块石磨的碎片粘成的,石磨是荣氏的起点。一百多年前的今天,大实业家荣德生站在我的位置,看着它们,展望未来……石磨的圆心向外发射出一条条粗粗细细的沟。这些石磨荣德生推过,工人们推过,最后又被替换,走出历史的后门。现在,它们以另一种形态出现在我们的眼前,平静地立着,好像生来就是太平盛世。

小鸟在林间啁啾,一山的绿如同磨盘上混合的不同的碧绿,呈现出多彩的颜色。荣德生走过梅园,想象着"凌寒独自开"的梅花,想象着坚贞不屈的梅,想象着自己独立潮头的企业,想象着教育慈善，想象着家乡人民，想象着民族国家。然而，如果他的思绪回到现实，他一定回到一朵纯粹的梅花之上。

梅园的果子
罗程梦婕

梅园的梅花开了，迎来了它的主人——荣德生。他看着漫山遍野的梅花，看着已经成为废墟的庭院，静静地站在雨中，深深地叹了一口气，然后悄悄离去……

梅园的梅树结果了，迎来了寻找过去、感受大自然的我们。梅子藏在树叶间，有如害羞的姑娘，有如一段段过去的历史，让人捉摸不透。我们透过一层层叶子，找到一个一个丰满的梅子，这果子究竟是酸的呢，还是甜的呢？只有尝过的人才知道吧！历史的变故和沧桑，只有品读经典才能体会。

梅园中果子成熟了，有人会去摘吗？我不知道，但我知道那是一个一个历史的结晶。

梅园有梅
查雯茜

现在已是初夏，早过了梅花开放的时候。梅园里处处都是梅树，也处处都是绿色，看不出这儿曾有梅花。飞虫打着旋儿，飞到树枝上，试图在一颗颗青涩的梅子里找到一丝残留的梅花气息。

香海已变成了青海。

没有梅花的梅园依旧有许多人。因为梅园不光有梅，还有荣德生。荣德生是大方的，他没有把梅园关起来自己享用，而是把它开放供所有人观赏，还在里面建造旅馆给人住。荣德生也是简朴的，虽然他很有钱，但他穿的衣服和老百姓一样，是布衫。他这么爱梅，梅园里的梅都会受到他的影响吧？

我是一朵梅花

陈胤涵

我是一朵梅花，
荣德生梅园里的一朵梅花。
虽然我不是树上最出众的那朵，
但我是他最早种下的树上开出的那朵。
我看着，
另外两千九百九十九株树上开的花。
我看着，
那一百多位在豁然洞读书处走过的学生。
我看着，
他亲手为梅园题字。
而今日，
我听到一位大先生
带着三十几位童子

在我面前读着"一生低首拜梅花"……

梅园读书声
范采奕

"咚、咚、咚",沉沉的钟声响起,述说着以前的事情。一只鸟从天空飞过,让我注意到了一块不起眼的石头,上面写着"梅园"两个字。

赫森说:"树外是屋,屋外是山,山外是水,水外又是山。"但你如果站在一块石头上,一眼望过去就是一片花海。梅园犹如一个熟睡的少女,悄无声息,到处疏影横斜,暗香浮动。

我们来到豁然洞读书处,坐在阴凉之处。我竖起耳朵,好像听见了读书声,"啊!"我听见了,我听见了,我听到了读书声,那声音是多么动听呀!读书声居然能治好一个人的病,那是多么的动听呀!

梅园
蔡羽嘉

今天上午,我们来到了梅园,但现在不是梅花盛开的时节。

梅园里的梅树虽然不是自然生长的,但让人觉得十分舒服,没有突兀的感觉。漫步园内,树上传来几声鸟鸣,让我们仿佛回到了1912年。

那时梅园刚刚建好,虽然它耗资巨大,但荣德生先生没有独自享用,反而免费让人们观赏,这样还解决了很多人的生计问题。

荣德生先生虽然家财万贯,但他生活十分节俭。每次吃饭不超过四菜一汤,只穿长衫布鞋,他的这种简朴精神值得我们学习。

又传来几声鸟鸣,把我的思绪拉了回来。看着眼前的一棵棵梅树,我感慨万千,荣老先生亲手培育的梅园,让后人欣赏到很多美丽的风景,也给后人留下很多美好的回忆。

荆棘路上的灯

陈姝含

我在梅园里奔跑,不想却摔了跤。

我被送进了医院,一路上我一直在思考:石头啊!你是否也曾经把荣德生、荣宗敬绊倒过?

我想象着,那时梅园尚未修建,石头路坑坑洼洼,荣德生在石头路上散步,忽然他摔了一跤。这一跤类似人生路上的一次失败,它对于身体也许是一件小事,但在精神上是一件大事。人生路上每个人都会失败,荣德生创业路上也曾经失败过,但他能在失败中站起来,所以他成功了。

安徒生曾写过《光荣的荆棘路》,故事里的主人公克服了种种困难,最后得到了无上的光荣和尊严。在这里,主人公挑战的路有一个非常好听的名字——"光荣的荆棘路"。

在这条路上有着你看不见的事物,荣德生他们走过了这条

"荆棘路"，才有如此大的成功。

在人生的荆棘路上，我一定要点亮一盏灯，点亮一盏最美、最亮的灯，照亮前路。

梅园畅想

徐朵露

有着"面粉大王""棉纱大王"之誉的荣德生修建了一座梅园，梅园中招鹤亭里有一副对联："万顷烟波宜水月，一生知己是梅花。"

我错过了寻梅最好的时节，我看到的梅园已经不是一片"香海"，映入眼帘的是层层叠叠的绿。鸟儿在绿海中忙碌地穿进穿出。我凑近一看，树上挂着一颗颗青梅。

听说梅园有九百多亩，虽然我听到了鸟儿鸣叫，看到了些许游客，但我还是觉得梅园有点寂寞。以前这里有小商小贩的吆喝声，有豁然洞的读书声，还有荣德生和他朋友的谈笑声……此刻，我站在梅林里，仿佛看到一位穿着长衫的老人，坐在梅树下灰白色石磨制成的圆桌旁，煮着一壶青梅酒，眺望着烟雾缥缈的太湖，和朋友们论英雄……

"一生低首拜梅花"，荣德生就像那一株株梅，坚强、包容。

五、泉眼无声琴有声——惠山篇

先生说

  我们穿过熙熙攘攘的惠山街，又从寄畅园走到"天下第二泉"，才找到这个安安静静的书院来上课。提到寄畅园，大家会不会想到王羲之《兰亭集序》中的几个句子？从"虽无丝竹管弦之盛，一觞一咏，亦足以畅叙幽情。是日也，天朗气清，惠风和畅"，到"或因寄所托，放浪形骸之外"。今天"惠风和畅"，我们也"因寄所托"。我们沿着前人的脚步走近惠山，与过去的时光是连接在一起的。

在天下第二泉

我们先来读钟敬文《太湖游记》中关于惠山这一段：

  我们终于到了"湖山第一"的惠山了。刚进山门，两旁有许多食物店和玩具店，我们见了它，好像得到了一个这山是怎样"不断人迹"的报告。车夫导我们进惠山寺，在那里买了十来张风景片，登起云楼。楼虽不很高，但上下布置颇佳，不但可以纵目远眺，小坐其中，左右顾盼，也很使人感到幽逸的情致。昔人题此楼诗，有"秋老空山悲客心，山楼静坐散幽襟。一川红树迎霜老，数曲清磬（qìng）远寺深"之句。现在正是"四照花开"的芳春（楼上楹联落句云："据一山之胜，四照花开。"真是佳句！），而非"红树迎霜"的秋暮。所以这山楼尽容我"静坐散幽襟"，而无须作"空山悲客心"之叹息了。

接着来读苏东坡的诗：

惠山谒（yè）钱道人烹小龙团登绝顶望太湖
（宋）苏轼

踏遍江南南岸山，逢山未免更留连。
独携天上小团月，来试人间第二泉。
石路萦回九龙脊，水光翻动五湖天。
孙登无语空归去，半岭松声万壑传。

读过苏东坡这首诗，再回到钟敬文的文章，他对"天下第二泉"的那些感想，就是从苏东坡的诗句里生发出来的：

天下第二泉，这是一个多么会耸动人听闻的名词。我们现在虽没有"独携天上小圆月①"，也总算"来试人间第二泉"了。泉旁环以石，上有覆亭。近亭壁上有"天下第二泉"署额。另外有乾隆御制诗碑一方，矗立泉边。我不禁想起这位好武而且能文的皇帝。他巡游江南，到处题诗制额，平添了许多古迹名胜，给予后代好事的游客以赏玩凭吊之资，也是怪有趣味的事情。我又想到皮日休"时借僧庐拾寒叶，自来松下煮潺湲"的诗句，觉得那种时代是离去我们太遥远了，不免自然地又激扬起一些凄伤之感于心底。

因为时间太匆促了，不但对于惠山有和文徵明"空瞻紫翠负跻攀"一般的抱恨，便是环山的许多园台祠院，都未能略涉其藩篱。最使我歉然的，是没有踏过五里街！朋友，你试听：

惠山街，五里长。
踏花归，鞋底香。

你再听：

---

① 苏轼原诗中此句为"独携天上小团月"。

> 一枝杨柳隔枝桃，
>
> 红绿相映五里遥。

钟敬文说的凄伤之感，也许你们没有。但也有相同的体会，因为时间太匆促，惠山的许多园台祠院都没有进去看一遍。他说："最使我歉然的，是没有踏过五里街！"我们今天是从五里街走过来的。这首民谣真是美，"惠山街，五里长"，平平常常的句子，因为有了后面的"踏花归，鞋底香"，就有了韵味。"踏花归，鞋底香"，让我想起"踏花归去马蹄香"。

"一枝杨柳隔枝桃，红绿相映五里遥。"前一句让我想起西湖的一株杨柳一株桃，后一句也是强调惠山街五里长，五里的桃柳，五里的风光。钟敬文当年没有走过五里街，读了这些诗，总觉得遗憾，所以他这样写：

> 在这些民众的诗作里，把那五里街说得多么有吸引人的魅力啊！正是柳丝初碧，夭桃吐花的艳阳天，而我却居然"失之交臂"，人间事的使人拂意的，即此亦足见其一端了。我也知道真的"踏花归"时，未必不使我失望，或趣味淡然，但这聊以自慰的理由，就足以熨平我缺然不满足之感了么？那未免太把感情凡物化了。

接下来钟敬文还逛了锡山，其山顶有龙光寺，寺后有塔。我们今天只是在惠山遥望了龙光塔。惠山和锡山相对，其实惠山的全名不叫惠山，而叫惠泉山，泉水的"泉"。惠山以什么闻名于世？当然是泉水。叫惠泉山，更易让人想起这里的"天下第二泉"。我们来读芮麟的《又向惠泉山下去》：

惠泉山，以泉名，但惠山的胜处，却在登山可以望远近诸山，远近诸湖，和远远的一切！所以游惠山者，必须登惠山，方能见到惠山的雄奇，见到惠山的秀美！

我们今天的遗憾是虽然走过五里街，却没有见到惠山的雄奇。我们没有登山，当然就见不到惠山的雄奇。老实说，惠山不算高，即使我们登上去了，我们也不会觉得雄奇。至于惠山的秀美，我们有没有窥见一二呢？在哪里窥见的？可不可以在钟声里窥见一二呢？我们在钟声里听见了惠山，这钟声是惠山寺的钟声，在惠山寺的钟声里听见惠山，在惠山寺的钟声里窥见一点惠山的秀美，在泉水里窥见一点惠山的秀美，在寄畅园里窥见一点惠山的秀美，可以吗？

芮麟说："我，今年惠山究已到过多少次，连我自己都记不得了。"可以猜想他是哪里人啊？（童子：无锡人。）他是本地人，假日经常到惠山来：

每逢休假，只要风和日丽，城里是再也守不住的，纵使一个人，也要到寄畅园去独坐半天。

我需要山水的灵气！我想：看不见山，望不到水的生活，必得会很快地把我窒死，闷死！我是一个少不了山水，从来不肯辜负山水的人！

四月十六日早上，便和一邮决定了游全惠山的计划。十时，便驱车出发。

到五里街，那"一枝杨柳隔枝桃，红绿相映五里遥"的五里街，即觉不断的岚翠向面前扑来。微风中，枝头晓雾未散，朝露犹滴。锡山，龙山，龙光塔，和无数的花影树影，尽在水里，栩栩欲浮上岸来。灵机动处，口号一绝：

惠山道中

绿杨如雾草如烟，不断岚光扑眼鲜。
又向惠泉山下去，寻春不负好诗天！

芮麟写五里街，和钟敬文一样，想到了"一枝杨柳隔枝桃，红绿相映五里遥"。惠山街，五里街，多少年来吸引着来来往往的人。《惠山道中》这首诗前面三句都平平常常的，但有了最后这句"寻春不负好诗天"，就有了诗意。

这里有人有山有水，芮麟就是在水中看见了锡山、龙山、龙光塔和无数的花影、树影。我们到过寄畅园，寄畅园的中心也是一汪水，就是养着鱼的地方，水是它的眼睛，水是这个园子的灵气所在。如果知鱼槛没有那一汪水，只有假山，那个园子就失去了灵动的感觉。芮麟接下来到了寄畅园。我们继续读：

我觉得惠山名胜中，最清幽的便是寄畅园和隔红尘，贯华阁和北茅蓬，也还不俗。可惜隔红尘屡经驻兵，已破败不堪，那样好的去处不修葺（qì）起来，实在是我锡人之耻！

入门，见知鱼槛已有人在，便到池南岸的茅亭内休憩。

寄畅园在从前是盛极一时的，后虽毁于兵燹（xiǎn），但因他的地位占得太好，整个的惠山，看来竟像在他园里的，明山秀水，仍掩不了他妍丽的风度！

杏花，李花，桃花，正盛开着，摇曳于波光岚影间。

芮麟说惠山最清幽的地方是寄畅园和隔红尘，隔红尘就是钟声传来的地方，我们后面要读的一篇文章会讲到。

与惠山对话的课堂

芮麟到寄畅园，本来想先去知鱼槛，就是我们看见的养鱼的地方——上面抄了一段庄子的文章，还有人记得吗？（童子：子非鱼，安知鱼之乐？子非我，安知我不知鱼之乐？）这就是知鱼槛。"寄畅园在从前是盛极一时的，后虽毁于兵燹，但因他的地位占得太好，整个的惠山，看来竟像在他园里的"，为什么这样说？当我们站在寄畅园的一处水边，前面是水，后面是一座房子，看到对面山上有塔，那山那塔是不是就变成寄畅园的风景了？但其实它们离寄畅园还很远。这靠的是一个"借"字，在园林里常常借景，你开一扇窗，窗外是一座山或者是一个湖，是不是全部都借过来了？寄畅园借的是山，蠡园借的是湖，都是借。寄畅园的位置好，好在可以借景，惠山一带的明山秀水明明不在它的园里，却都好像在它的园里。当你会背《兰亭集序》，会背《前赤壁赋》《醉翁亭记》，它们也好像是在你生命里一样，你可以随意地借用王羲之、苏东坡、欧阳修他们的文章，景可借，文也可借，但要借得恰当，不能照抄。

芮麟此次游惠山是 4 月 16 日，是春天花开得最好的时候。因此他说："杏花，李花，桃花，正盛开着，摇曳于波光恋影间。"那一天跟我们今天一样，游人特别多：

> 惠山顶上的人，像蚂蚁般在蠕蠕地动，初看，还以为是树影呢。问茶役，方知今天原是上巳日，怪不得游人这样多！年来我比从前更爱山林了，也比从前更不宜于城市了，但生活的重担压着我，还得局促城市，为生活而苦斗。自己想想，也觉可怜！
>
> ……………
>
> 南望三万六千顷的太湖，竟小得如一个大水荡，七十二峰，尽收眼底。水天合处，隐约可见湖州的一角。北望白汤圩（wéi）如一条水沟，运河如一道白带，通惠路如一撮黑线。东望无锡城，活像一个蜂衙（yá），五里街活像一条蚯蚓。西望钱桥，藕塘桥，数十里田野村落，都一一陈列面前了。
>
> 我们何尝是在看山水，简直是在看一个沙盘里的"无锡地理模型"！

谁说惠山没有什么可看呢？他自己不会看，不懂看而已！游惠山原不在惠山的本身，而在惠山四围的景色啊！游山水原不在山水的躯壳，而在山水的情趣啊！

登到山上，远远看去，山下城里的房子就跟蜂窝一样，五里街变成一条蚯蚓，运河就像一条白带。这样的风景今天可能看不到了，即使登上山顶，跟芮麟看到的也不一样了。但他这句"游惠山原不在惠山的本身，而在惠山四围的景色啊！游山水原不在山水的躯壳，而在山水的情趣啊！"说得精彩。我想起《醉翁亭记》中的几句话，"醉翁之意不在酒，在乎山水之间也。山水之乐，得之心而寓之酒也"。看到的是山水的躯壳，在意的却是山水的情趣，是"寻春不负好诗天"的情趣，要在山水之间寻出诗来。他这一路走来就寻到不少诗。如：

甲戌暮春重到惠山三茅峰有感

十年阔别又重游，如梦前尘感未休。
抛却闲愁千万斛，且将山水豁吟眸。

（童子：他前面说自己一年来惠山好几次，为什么这首诗里又说"十年阔别又重游"？）

他说这一年不知道来了多少次惠山，指的是惠山街、寄畅园那一带，这首诗写的是惠山三茅峰。他十年前登过一次，所以是"十年阔别又重游"。

现在我要将你们带到一个人面前，这个人只来过一次无锡，听说他的祖上是无锡人：他出生在台湾，然后到西方接受教育，做过新亚书院院长，后又成了香港中文大学校长；他是一位社会学家，叫金耀基。他有一篇《最难忘情是山水》，记录了他的一次江南之行。这一行他到过南京、杭州、无锡。他在无锡走的路线跟我们一样，先是到鼋头渚，看烟波浩渺、帆影点点的太湖，看了太湖看蠡湖，然后到了惠山。他说：

> 无锡的古迹名胜能不为太湖所淹尽的不多，寄畅园、惠山寺就有这样的魅力。

这一句是转折，他的笔触要离开太湖了，因此来了一句"无锡的古迹名胜能不为太湖所淹尽的不多"，他举了两处，首先就是寄畅园——"寄畅园应是苏州之外最美的园林之一了"。这是对寄畅园很高的评价，人们常说"江南园林甲天下，苏州园林甲江南"，苏州园林独步天下。寄畅园是北宋词人秦观的后人秦金在明代建造的一处园林。大家都会背秦观的那首《鹊桥仙》中的句子："两情若是久长时，又岂在朝朝暮暮。"秦金做过兵部尚书，告老还乡后他把元代几个和尚住的地方改建成园，称为凤谷行窝，他的后裔秦耀将此园改名为寄畅园。继续读金耀基的文章：

> 寄畅之名，想是从《兰亭序》"一觞一咏，亦足以畅叙幽情……因寄所托，放浪形骸之外"借意而来，而寄畅园之不输拙政、网师者，亦正在其"借景"之妙。

这个园子不大，今天人又多，感觉很拥挤。但金耀基当时的感受与我们此刻不同。我们继续读：

园不过十五亩，但入其园，顿觉天地宽畅，惠山诸峰，飘落在树梢之上，锡山的龙光塔更飞移到池边水榭。园内与园外连为一景，园林建筑中借景手法之高卓，无以复加矣。

关于借景，我们前面已讲过。这段有两个说法要注意，惠山诸峰"飘落"在树梢之上，锡山的龙光塔更"飞移"到池边水榭，都是借景之妙。

金耀基很有文学才华，他有三本散文集，都写得非常好：一本叫《剑桥语丝》，一本叫《海德堡语丝》，一本叫《敦煌语丝》；一本写英国，一本写德国，一本写中国敦煌。他是一位非常有文学才华的社会学家、教育家。他的文章就这样随意写来，处处都显得自然，转折也转得很好。接下来他要重点写寄畅园的中心，我们继续读：

"锦汇漪（yī）"是园中央的一泓池水，大不逾二亩，但寄畅园的烂漫锦绣全部汇摄于此。池中心一侧，有水榭知鱼槛，与对岸石矶鹤步滩相对峙。水池由南向北，长廊临水曲曲不尽，池边有郁盘亭、清响月洞、涵碧亭等。山影、塔影、树影、花影、云影、鸟影尽汇池中，锦汇之名，谁曰不宜？

这一汪水叫"锦汇漪"，里面养着鱼，因此池边的水榭名为知鱼槛。金耀基说"寄畅园的烂漫锦绣全部汇摄于此"，他刻意用了"烂漫锦绣"，"锦绣"这个词能换成别的词吗？不能，换成别的词就不恰当了。因为水名"锦汇漪"，所以用"锦绣"最为恰当。大凡用词重要的不是漂亮与否，而在于恰当与否，恰当就好，美就是恰当。我们看看，为什么叫"锦汇"呢？金耀基给出的解释是哪一句话？我们把它读出来：

山影、塔影、树影、花影、云影、鸟影尽汇池中，锦汇之名，谁曰不宜？

这里有多少个"影"啊？从远处的山、塔，到近处的树、花，再到天上的云、鸟，从远到近，再从近到远，这些影子本来是散的，散在一个很大的空间中，但是因为有了这一池水，它们都汇在这水里。其实水里还有鱼，还有落下的树叶。我们今天看到的是满池落叶、落花，池水太脏了。人太多了，破坏了风景。

"康熙、乾隆都曾六度游赏此园，题咏不绝。"乾隆皇帝第一次南巡，就很喜欢这个地方，不忍离去，回到北京，就在颐和园仿造了一个惠山园。他第五次南巡回京后，总觉得惠山园无法与寄畅园媲美，就将惠山园改名为谐趣园。我们大部分人去过那里，那里有种着荷花的池子。金耀基感叹说："乾隆不算俗人，亦颇能欣赏山水之胜，居然不知寄畅'借'来之景，乃天造地设，尽得自然之机，岂可乾坤另造？"借景之妙是江南园林的精髓，若无自然之景可借，全靠人工建造，终究缺乏灵气。

金耀基到了惠山寺，真正令他留恋的是与竹炉山房毗邻的云起楼，而不是被茶圣陆羽品为天下第二泉的惠山石泉水。他说：

初不知有云起楼。入得寺中内院，仰头抬望，直不信此处有如斯景色。在翠柏青松之间，一组随山起伏、叠叠层层的古建筑，隐隐现现，渐次升高，宛若悬在天半的仙阁楼台，令人有出尘之想。原来中间一层，就叫"隔红尘"！传说康熙游惠山时，想召见一位道行深厚的高僧，谁知这位高僧拒绝见驾，说："化外之人，早已隔绝红尘，名利富贵，已成身外之物。"结果有人替康熙在山坡上造了一条曲折的回廊，于高下交接处就叫隔红尘，表示已身入仙境，皇帝就可以与高僧交谈了。传说尽多穿凿附会，却是增添了山水之玄美。隔红尘最高层有楼三楹，就是"云起楼"。云起楼原为惠山寺"天香第一楼"故址，取名云起，是用"山取其腾踔如龙，楼取其变化如云"之意。在"云起楼"不能不想起新亚书院的"云起轩"。云起轩为饶宗颐先生所取，轩不大，亦非华美，然马鞍山之雄奇，八仙岭之峻秀，吐露港之清丽，尽在眼底。坐看云起时，因可忘忧，而谈笑有鸿儒，往来无白丁，轩自不陋！

有了"隔红尘"的传说，我们是不是在钟声中也能听得一点红尘之外的声音？一句"增添了山水之玄美"，这位社会学家就说明白了。你们说，他为什么对云起楼恋恋不舍？（童子：因为新亚书院有云起轩。）这应该是其中的一个原因，另外可能是他想起了王维的诗句"坐看云起时"。

金耀基对天下第二泉没有多费笔墨，但许多人来惠山都是冲着泉水来的。早在唐代，惠泉就已知名于世，经过茶圣陆羽品定为"天下第二泉"后更是身价陡增。唐武宗时期的宰相李德裕特别喜好惠泉的水，怕水味变质，还专门设了"水递"。诗人皮日休有诗讥讽：

丞相常思煮茗时，郡侯催发只嫌迟。

吴关去国三千里，莫笑杨妃爱荔枝。

无锡人盖绍周的《天下第二泉》中说：

"水"本来是不值钱的东西，能用来作为输出品，远达千里以外者，恐怕除了惠山泉，不会有第二处。

泉其实有两个，昔日用大石头砌成井形，一圆一方，圆的是正泉，方的是副泉。民国报人张慧剑一行二十几人到了这里，"在那咸淡二泉眼里，丢了许多铜元，看它翻腾而下，大家高兴的了不得"。赫森的文章这样说：

所谓二泉者，就是两口井，一只是阴泉，一只是阳泉。据站在旁边的本地的人说，这两口泉，永不见涨，也永不见涸。一样的一桶水，外面的只有一百斤，这里却有一百五十斤。我取了一些来看，果然水质纯厚得很，所说五十斤之差，大概也不是没有缘故的。

作家钱歌川曾说泉水甘美。学者陈柱尊在《忆无锡》一文中说：

古华山门内为第二泉，泉南有茶亭，亭下有池，池中多红鲤……惠山泉所以独异而第二泉尤异者，或曰以惠山多锡，锡能变味致甘也。惠山他泉，脉浅发于山表，斯泉源深，发于山骨，故于味特甘云。

这是天下第二泉的来由，算是一种说法，陈柱尊和钟敬文一样想起了苏东坡的那首诗。

明代诗人李梦阳有一首《二泉歌》，其中有一句"我歌泉和两知音"。一千多年来，这天下第二泉的知音是谁？是陆羽，是苏东坡，是明代的文徵明、李梦阳，还是唐代那个宰相李德裕？他们真的懂得二泉的心吗？

二泉书院的课堂

直到 20 世纪，有个人在这里出现，天下第二泉获得了灵魂的再生，这个人就是阿炳。阿炳是位盲人，一位民间艺人，他的《二泉映月》是可以载入中国音乐史的。

  我们来惠山，到底是来寻找寄畅园的主人，还是来寻找阿炳的？天下第二泉孕育了阿炳的音乐。阿炳的《二泉映月》拉出了人间的沧桑、人生的忧患，他的命运是悲凉的，但是他的音乐是高尚的、善的，也是美的。在他的二胡声中，我们可以真正听见泉水的声音。其实我们在天下第二泉没听见泉水声，只听见了钟声、鸟声和你们的读书声；如果把阿炳的《二泉映月》放在这个场景中，听见了《二泉映月》，也就听见了天下第二泉的声音。凭着这一曲《二泉映月》，阿炳就可以不朽了。他可以跟荣氏兄弟，跟钱穆他们一样，作为无锡人永远被记住。一个人只要在某个方面有创造性，他的创造能给许多人带来安慰，或给很多人带来激励，那他的一生就有价值。阿炳的眼睛虽然看不见，但他是一个心中有光明的人，他是能看得见音符的人。虽然他看不见惠山，也看不见天下第二泉，但是他的音乐把他的内心世界向我们敞开，让我们看见了他的心灵。

  我们先来读一下作家碧野的《〈二泉映月〉的诞生》：

  在无锡锡惠公园的龙光塔下，有一口泉。泉流清澈，泉水甘美，被誉为"天下第二泉"。泉前有一座惠山宫观。20世纪初，观里有一个小道士，名叫阿炳。

  阿炳从小就喜爱大自然的音乐。山顶龙光塔上的鸟叫，观前百年大白果树上的蝉鸣，观后"二泉"流水的淙（cóng）淙，红色宫墙下秋虫的唧唧，都给了他很大的乐趣。每当清晨醒来，只要他听见远村的鸡啼或惠山周围水田的蛙声，他就会感到一种安慰。老山林，古宫观，和他一起沉浸在静夜中，一种细微的感觉使他好像听见草儿在微风下轻轻地吟咏,"二泉"在月光下低低地歌唱。

后来阿炳开始学习民乐,拉二胡。阿炳练二胡,胳膊经常肿疼得整夜难眠。手指磨破了,揪心地痛,但他咬紧牙关,一刻也不肯放下手中的二胡。

不久,他患了严重眼疾,又没钱医治,眼睛最终瞎了,人们叫他"瞎子阿炳"。

因为眼疾,阿炳被迫离开了道观,在街头流浪,靠拉二胡讨饭度日。夏天的夜里,银河已经西斜,他冒着露水,仍然坐在田野上谛(dì)听着鸟叫,谛听着蛙鸣,他在沉思;秋天的夜里,在清冷的月光下,他穿着单薄褴(lán)褛(lǚ)的衣衫,站在龙光塔边,远远地谛听着那久已不许他接近的"二泉"的流水声,他在沉思……

自然界的声音给了阿炳无限灵感,他的技艺越来越精湛。他的感情,他的希望,他的理想,流荡在他的十指间,流荡在他的琴弦上,流荡在人们的心坎里。人们听着听着,有的沉思,有的叹息,有的流泪,有的唏嘘……

…………

惠山春天的月夜中,夜风忽然送来一阵清越而激荡的声音,这声音多么熟悉,多么悦耳啊!惠山街的人们发出了惊喜的呼喊:"阿炳的二胡!阿炳又拉二胡了!"

于是人们从四面八方奔向惠山脚下,簇拥着阿炳走进了惠山观,密密匝(zā)匝地把阿炳围在"天下第二泉"泉边的巨石上。

阿炳颤抖着双手，在这春宵月下的"二泉"边拉起了他的二胡。阿炳的二胡声，是如此激越，如此悲愤，如此苍凉！月色朦胧，偶尔从云缝里洒下来一缕清辉，月光虽然只是刹那间映照在"天下第二泉"的闪动的水波上，却给予人们无限光明与希望……

这就是"二泉映月"！

"偶尔从云缝里洒下来一缕清辉，月光虽然只是刹那间映照在'天下第二泉'的闪动的水波上"，这个画面很美，可惜阿炳看不见了。他虽然看不见月光，但他用二胡把月光下的天下第二泉那份美好拉了出来。人们在他的二胡声里面可以听见忧伤，可以听见欢乐，可以听见人世间的不平，也可以听见一个人有所追求的勇气。他的二胡声中包含了丰富的信息。难怪吴小冰会这么评价：

阿炳在穷困潦倒中死去，这是悲剧；《二泉映月》永留人间，这是喜剧。到底孰悲孰喜？生与死，荣与辱，阿炳到底想到了什么？

是的，看人世是悲剧或是喜剧，似乎都不必。人在世时就努力活着，终结时释然就是死，这是一个最好的态度。但能在生时有几分想到自己会死的，于是不至于太狂蛮也不至于太怯弱，在临终时想到自己已努力地活过，也就无愧于来到这个世上。

百年之后，大家一个样！面对屈辱，就尚且让其唾面自干吧，阿炳就是这样走过的。

不朽的阿炳，不朽的《二泉映月》！悠悠乐声伴我从浓雾迷漫中找寻我失去了的路……

一个人在遇到困难和挫折时，听一听《二泉映月》，想一想阿炳，是不是可以得到安慰？阿炳都看不见了，至少你还能看见这个世界。把自己所做的事尽最大可能做到极致，像阿炳一样成为一个出色的人，哪怕是在绝境中，照样会有花开。

大家还记得赛珍珠吗？我们在南京大学的草坪上讲过她的《中国之美》，她说自己不是在卢浮宫而是在一个老太太身上找到了法国的美。一个在小溪边洗衣服、脸上爬满皱纹的老太太，抬起头来朝她笑，她在老太太的笑容中看到了法国的美。讲到中国之美，她举了几个例子，其中有个又老又聋的王大妈，王大妈是一个寡妇，终日靠给人缝衣谋生，她的桌上有一个缺口的瓶子，整个夏天都插着不知从哪里来的鲜花。她虽然贫穷却一样追求美，她也可以代表中国之美。美不一定在寄畅园的主人身上。

今天下午我们来惠泉山下的锡惠公园，从寄畅园到天下第二泉，你们觉得哪个人物可以成为今天下午最重要的人物？如果以阿炳来代表惠山乃至代表无锡，是可以的。一个肉眼看不见世界的人，依然有这样的创造力，能把这么美好的音乐贡献给人世间，他一定是一个有美好心灵的人，一个心里透亮的人。他的心是看得见世界的。可能也有人想选寄畅园的主人，秦观的后裔秦金、秦耀他们，这些名字都是金灿灿的、耀眼的。你们有没有发现，阿炳的名字也很好。阿炳的"炳"是彪炳史册的"炳"。阿炳虽然看不见了，但是阿炳的音乐看得见这个人世，也让我们看见了他。虽然他是一个穷人，甚至曾沦为乞丐，但是这个乞丐可以创造出天下最美的音乐，这个乞丐是一个有尊严的、高贵的乞丐。人的高贵不在于他的身份是乞丐还是富翁，而在于他的内心。他能拉出《二泉映月》，他就有高贵的心灵，要不然这样的音乐不可能从他的心灵里流淌出来。一个人最重要的不是他处在一个什么样的境况中，而是他的心里是不是始终保持着一种高贵的追求。

人的价值不是由他的外表决定的，也不是由他的地位决定的，这些可以说是硬件。你的硬件是眼睛、鼻子、嘴巴、耳朵、手脚之类，你的软件是你的心灵、你的思想、你身上的文化储备。硬件是看得见的，软件是看不见的。你是一个什么样的人，取决于你的软件部分。所有的教育、读书，其实就是让你不仅拥有你已经拥有的硬件，还要让你拥有健全的软件。阿炳的眼睛看不见，可以说他的硬件部分不好，缺少了人最重要的硬件，但是他的心很高贵。他仍然能创造出美好的音乐。在本质的意义上，他的人生并不失败。今天我们依然能透过他的音乐，听见他内心的声音，他的声音就藏在音乐里。

如果说寄畅园的主人把他的心灵藏在那一泓水——"锦汇漪"中了，那么阿炳就把他的心灵藏在他的《二泉映月》里了。天下第二泉也因为这一曲《二泉映月》获得了灵魂。

今天下午，我们在惠山的对话就到这里。

童子习作

杯中酒

金恬欣

寄畅园，是惠山的玉杯。

假山环绕着一湾浅浅的水，草木摇曳的影子汇聚在水波上，鱼自由自在地游着——真是一番盛况。

这园林虽美虽雅，但似乎还缺点什么。

出了寄畅园，惠山寺悠扬的钟声在晚风中飘荡。它飘到我的耳畔，犹如一阵断断续续的二胡声……

一个衣衫褴褛的少年拉着弦，他看不见的眼窝映着十五的圆月，虽然苍白却有力。二胡的弦随着泉水的流动微微颤动，将少年心中的情绪泻尽——那一刻，少年的眼里升起了希望。

阿炳的琴声有魔力。他的琴声仿佛将人间的沧桑拉出，将天堂的极乐拉出。

二胡，是阿炳的眼睛；二胡，是阿炳的酒。这把破旧不堪的二胡，使阿炳看见大千世界，看见万千人心。当他拿起这把二胡，一切都与他无关，他只是那个拉着二胡的少年。二胡如酒，将阿炳带入一个仅属于他的世界。

这酒真烈啊。酒中，凝结着多少夜晚他流下的泪珠，凝结着多少年他留下的伤痕。阿炳拉着拉着，醉了。

如果说，惠山缺一个灵魂，阿炳就赋予了惠山灵魂。

二泉映月

冯彦臻

几十年前
阿炳死了
他没有得到荣华富贵
他得到的

只有无限的沧桑
与凄凉

《二泉映月》的演奏
却从未停过
今天
它依旧拉着

它拉出了西湖与太湖的距离
拉出了钱锺书的寂寞
和梅园梅花的香味

在惠山的钟声中
可以听见惠山
在《二泉映月》的曲子中
我听见了二泉

沉睡了百年的无锡
在阿炳
拉出《二泉映月》
第一个音符的时候
苏醒了

惠山一游

解芷淇

小路蜿蜒在两座石山之间，潺潺的小溪在边上流淌着，这聚满"古色"的小路，因人太多，美感全挤跑了。

今天是个大晴天，本来就热得够呛，又撞见人山人海，我真想躲进空调房里凉快凉快。看！就连池中的鱼儿也像枯叶似的随流飘荡。好不容易到了美人石边，美人石看上去一点都不像亭亭玉立的美女，倒跟壮士有几分相像。或许当年的乾隆皇帝也如此认为，故将此石改名叫介如峰。

再向前走，看见一块风水宝地，傅老师在那里给我们上了一课，给我们讲了阿炳的故事。阿炳是一个面对困难不屈不挠的人，他也是一个热爱生活和音乐的人。听着他的《二泉映月》，我不禁想到了二泉泉底亮晶晶的钱币，可见大家是多么希望得到泉神的保佑呀！

"踏遍江南南岸山……"穿着现代上衣现代裤子的我，吟着诗仿佛穿梭到过去的时光。

倒　　映

林家璐

《二泉映月》
不朽的名篇
倒映着阿炳的一生

泉水汩汩

阿炳在泉水边

想象着粼粼波光

想着

悲喜

爱恨

苦乐

究竟是什么

泉水汩汩地淌着

他的眼睛虽看不见

却悟到了人生的真谛

拿起二胡

月光下

微风中

他的二胡声微荡

激励了多少人

鼓舞了多少人

给了多少人信心

二泉　映月

二胡　映心

二　泉

张舜宇

"铛，铛……"一阵钟声从惠山寺中传出。钟声叫醒了天下第二泉。泉水细细流着，召唤着阿炳，使阿炳拉出了美妙的《二泉映月》。

《二泉映月》一定要在晚上听吧！或许是天下第二泉的水声引来了"独携天上小团月"的苏轼。月亮开启了阿炳的音乐世界，使阿炳拉出了《二泉映月》。二泉所映的是阿炳心中的那团月亮。

阿炳的二胡与天下第二泉是密不可分的。二胡是阿炳的生命，是他的全部。

阿炳心中有一对明亮的眼睛，因此他能用二胡拉出人间的酸甜苦辣，拉出大自然的春夏秋冬，他的音乐就像桃荷菊梅一样在人间绽放。

惠　泉

曲木子

锡惠公园有一口泉，叫惠泉，被称为天下第二泉。

天下第二泉本来只是水质好，但自从有了阿炳，有了他的《二泉映月》，这一眼泉水就变得非常美了。阿炳是一个盲人，但是他眼盲心不盲，他的心是光明的，他的心能看见惠泉，能看见惠山，能看见龙光塔，能看见世界。从他的《二泉映月》中，我们可以听见他内心的声音。

高贵与财富无关，与地位无关，与身份无关。它与人的心灵有关，你的心灵越高贵，你也越高贵。阿炳的心是高贵的，他也就是高贵的。

阿炳在穷困潦倒中死去，这是悲剧；《二泉映月》永留人间，这是喜剧。

三叶草

陈禹含

我拿起一株三叶草，静听阿炳的人生乐曲。

一、萌芽

阿炳从小听遍大自然的声音，天空飞过的鸟儿发出的声声鸟语，都被阿炳所捕捉。每种大自然的声音，阿炳都深深地喜爱。在幼年的时候，他的心田里就已经埋下一颗不起眼的三叶草种子，并慢慢发芽。阿炳的人生拉响了第一声。

二、生长

阿炳从此开始了自己的乐器生涯，他苦练二胡，每一刻，他的身边都有二胡，他有一个自己的二胡世界。不久他得了眼疾，只能离开道观，出去流浪，但他还是不停地拉，不停地拉，他用一个个音符编织出一个精神世界。每一声，他都在沉思。它——三叶草，默默努力着；他——阿炳，默默付出着，那两根弦不停地跃动。

三、命运

在一个漆黑的夜晚，一首深沉而不失激昂的曲子响起来了，大家都欢喜地围向他——阿炳，他拉奏出来的每一个音符都在跳跃。三叶草立起来了，雨后天晴时三叶草更显出自己的精神了……不正与阿炳一样吗？

四、尾声

那三叶草早已不在，但它的后代被一群童子做成一个个小灯笼，点亮每一个"阿炳"前行的路。

阿炳看见的二泉

张雨涵

谁说阿炳是盲人，
他的眼睛，
沉淀于二泉，
埋没于尘土。
虽然他眼睛看不见，
但他的心不盲，

虽然饱经折磨，
但他心灵的眼睛，
仍然明亮。

或许他不知道王守仁，
但他的心里一定知道，
光不仅在烛上，
只要心中有光芒，
就无须眼睛与烛光。

那仍是二泉，
流水淙淙。
用颤抖的手，
轻轻拨动二胡上的弦，
拨出所有辛酸与激愤，
所有反抗与倔强。

那是月光流水，
那是升腾跌宕，
那是步步高昂，
那是一个人的倾诉，
那是永恒的《二泉映月》！

阿炳虽是盲人，
但他仍能看到，
月光下的二泉，
陪伴他一生的二胡，
跳跃的音符，
和他心中的《二泉映月》……

六、书里书外皆寂寞——钱锺书篇

先生说

钱锺书是个什么样的人,有谁能用一句话来回答?

(童子:才华横溢的人。

童子:才高八斗的人。

童子:学贯中西的人。

童子:寂寞的人。)

寂寞,好词。这个词是最准确的,为什么?高处不胜寒。钱锺书学问那么高,天下懂他学问的人那么少,他是一个寂寞的人。袁子煊找到"寂寞"这个词应该不是凭空的,是不是从李慎之的《千秋万岁名,寂寞身后事——送别钱锺书先生》这篇文章的题目得到的启发?"千秋万岁名,寂寞身后事"是杜甫《梦李白》里的诗句,拿来讲钱锺书也是合适的。钱锺书生前是一个寂寞的人。因为能在寂寞中坚持,所以他才能成就那么大的学问。

你们也可以从其他角度想想,他是个什么人。从他留下的作品来看,他写过一部长篇小说《围城》,后来改编成电视连续剧,被更多的人所知;他还有一部短篇小说集《人·兽·鬼》,可不可以说他是一位小说家?他写过一本散文集《写在人生边上》,可不可以说他是散文家?我们也可以根据他的小说、散文，说他是一位作家或文学家。他还有两部非常重要的著作，一部是研究古典诗歌的《谈艺录》，一部是研究中国古代经典的《管锥编》。他还编过一本《宋诗选注》。这些都是他生前出版、为人所知的，因此我们也可以说他是一位学者。这样他就拥有了两重身份，一是在文学领域，留下了小说、散文；二是在学问上，他有这些学术著作。他的《谈艺录》《管锥编》研究的对象都是中国的古典文化，但他的视野是世界性的，他懂多种语言，通英文、法文、德文、拉丁文，他不是一般的学者，而是一位学贯中西的学者。

他是一个寂寞的人，一个站在学问的高峰上、高处不胜寒的人。他曾经说过一句话："大抵学问是荒江野老屋中二三素心人商量培养之事，朝市之显学必成俗学。"做学问本来就是寂寞的事，只有极少数人才能做到，那要耐得住寂寞。寂寞的钱锺书成了一个神话，我们在他的故居看到心愿墙、励志墙，他在大众心目中已经被神化，哪怕对他的学问一无所知。

神话其实并不神，他就出生在这个庭院里，他的父亲是有名的学者钱基博先生，他的学问是有家学渊源的，他的学问是有来历的。他从小就跟随他的伯父读书，同时受到他父亲的影响。小学时代他就读了大量的中国旧书；他读中学的时候，就写得一手好文章；在清华大学读书的时候，他开始发表作品。也就是说，他年轻时，已经学有所成。他一生都保持着一种非常寂寞的状态，他不是一个爱热闹的人。这个庭院也是一个寂寞的庭院，不是一个熙熙攘攘的地方。我们今天在这个小院里跟寂寞的钱锺书对话，这是一个合适的地方。我们来读李慎之的《千秋万岁名，寂寞身后事——送别钱锺书先生》：

在钱锺书故居

……钱先生一生寂寞,现在"质本洁来还洁去"。最后连骨灰都不留,任凭火葬场去处理。"千秋万岁名,寂寞身后事",他自己的选择是他一生逻辑发展的自然结论。何况钱先生本来就是"天不能死,地不能埋"的人。

钱先生和我是世交,他的尊大人子泉先生和先君柏森公是朋友,因此我从小就能听到夸他读书如何颖悟,小小年纪就能代父亲司笔札、做应酬诗这些话。子泉先生是我们家乡的文豪,我们上初中时就读过他的《无锡公园记》。因此每当听父亲说"你们应当学锺书"的时候,心里充满了惊异钦美之感。但是我真正认识他,已在抗战时期的孤岛上海了。

所谓"孤岛上海",说的是1937年日本人打到上海后,到1941年12月太平洋战争爆发前，这一时期上海的租界就像孤岛一样。

这篇文章的作者李慎之，也是无锡人，他和钱锺书都做过中国社会科学院副院长。李慎之比钱锺书小十三岁，钱锺书1910年生，李慎之1923年生。我与李慎之先生有过两面之缘，他于2003年过世。李慎之和钱锺书的父辈是好朋友，文章中说的子泉先生就是钱锺书的父亲钱基博先生，著有《现代中国文学史》等。钱基博先生是无锡的名人，李慎之初中的时候就读过他的《无锡公园记》。

李慎之小的时候，钱锺书就是他的榜样，他父亲常跟他说"你们应当学锺书"。钱锺书的学问到底有多大？李慎之的悼念文章说了一个数据，《管锥编》《谈艺录》征引的书籍多达两千余种，还不包括许多在今天国内已经找不到原文的西洋典籍，且引文几乎没有什么错误。那是为钱锺书查对材料的人告诉他的。没有找到原文的西洋典籍，有可能是钱锺书在欧洲留学时阅读过并做了读书笔记的。我们刚才看的电视节目中说，后来找到了钱锺书十七本笔记。李慎之的文章接着说：

> 我有幸熟识他的好几位清华同学，都是当代中国的一时之选，对钱先生的才气都是交口称誉无异辞。乔冠华就不止一次对我说过："锺书的脑袋也不知怎么生的，过目不忘，真是photo-graphic memory（照相式记忆）。"胡乔木则说："同锺书谈话是一大乐趣，但是他一忽儿法文，一忽儿德文，又是意大利文，又是拉丁文，我实在听不懂。"

这说的是钱锺书在外语上的造诣。就是写小说，他也写出了一部可传世的《围城》，这简直让人难以想象。世人说钱锺书的记忆力好，是一个活着的书柜，一部活着的百科全书。记忆力好不是最了不起的，重要的是博览群书，而且有自己的见地，能将知识贯通。钱先生读书破万卷，而且通多门外语，当然有骄傲的资本，因此他是一个寂寞的人。

钱锺书在1929年报考了清华大学，那一年全国有两千多人报考，录取的新生中男生一百七十四名（钱锺书在录取的一百七十四名男生中列第五十七名），女生十八名。备取生三十七名。钱锺书数学当时到底考了多少分，有两种说法：一种是零分，另一种是十五分。当时的清华录取标准是：国文、英文、数学三门主课中有一科考分在八十五分以上，一定录取；各科平均分数及格也能录取。汤晏的《钱锺书传》中说，按照这两个标准，钱锺书都是可以录取的。第一，因他能考到五十几名，则他的平均分当然及格了。第二，他的国文、英文特优，两门都会在八十五分以上，那么他也应当被录取。但实际上他还要惊动校长破格录取。汤晏说："如果清华不能提出有力证据，则我相信钱锺书考清华，数学考零分，这是我的结论。"

钱锺书也不是神人，他不是全科的，只是在文科方面、在外语学习上有超凡的能力，他的成就也集中在人文学科。

等一下我们去离钱锺书家不远的顾毓琇家。他们是两类人，顾毓琇是个全才，钱锺书是个偏才，全才、偏才都是才。钱锺书确实有才。

我们来读钱锺书的散文《窗》：

> 又是春天，窗子可以常开了。春天从窗外进来，人在屋子里坐不住，就从门里出去。不过屋子外的春天太贱了！到处是阳光，不像射破屋里阴深的那样明亮；到处是给太阳晒得懒洋洋的风，

不像搅动屋里沉闷的那样有生气。就是鸟语，也似乎琐碎而单薄，需要屋里的寂静来做衬托。我们因此明白，春天是该镶嵌在窗子里看的，好比画配了框子。

同时，我们悟到，门和窗有不同的意义。当然，门是造了让人出进的。但是，窗子有时也可作为进出口用，譬如小偷或小说里私约的情人就喜欢爬窗子。所以窗子和门的根本分别，决不仅是有没有人进来出去。若据赏春一事来看，我们不妨这样说：有了门，我们可以出去；有了窗，我们可以不必出去。窗子打通了大自然和人的隔膜，把风和太阳逗引进来，使屋子里也关着一部分春天，让我们安坐了享受，无须再到外面去找。古代诗人像陶渊明对于窗子的这种精神，颇有会心。《归去来辞》有两句道："倚南窗以寄傲，审容膝之易安。"不等于说，只要有窗可以凭眺，就是小屋子也住得么？……

世界上的屋子全有门，而不开窗的屋子我们还看得到。这指示出窗比门代表更高的人类进化阶段。门是住屋子者的需要，窗多少是一种奢侈，屋子的本意，只像鸟窠兽窟，准备人回来过夜的，把门关上，算是保护。但是墙上开了窗子，收入光明和空气，使我们白天不必到户外去，关了门也可生活。屋子在人生里因此增添了意义，不只是避风雨、过夜的地方，并且有了陈设，挂着书画，是我们从早到晚思想、工作、娱乐、演出人生悲喜剧的场子。门是人的进出口，窗可以说是天的进出口。屋子本是人造了为躲避自然的胁害，而向四堵墙、一个屋顶里，窗引诱了一角天进来，驯服了它，给人利用，好比我们笼络野马，变为家畜一样。

从此我们在屋子里就能和自然接触，不必去找光明，换空气，光明和空气会来找到我们。所以，人对于自然的胜利，窗也是一个。不过，这种胜利，有如女人对于男子的胜利，表面上看来好像是让步——人开了窗让风和日光进来占领，谁知道来占领这个地方的就给这个地方占领去了！

人们习以为常的窗，他引经据典，讲得头头是道，这是典型的学者文章。古人说："窗，聪也，于内窥外，为聪明也。"换句话说，聪明，就像是你有一扇窗开了。如果你不够聪明，就是你的窗没开，或者你的窗太小。

窗就是聪。我的故乡雁荡山有一个岩洞，叫天窗洞，像一扇天窗，别名叫天聪洞，聪明的聪。由里面看外面，就是聪明。聪明的意思就是这么简单。从里面看外面，其实就是看外面更大的世界，能看见世界的叫聪明。

钱锺书从小就很聪明，但他那时能看见的世界还小，他在这个旧式的庭院里读的是旧书，他的父亲是一个旧式的学者，念的都是中国书。假如没有机缘遇到中西文化交汇，他到初中就会进入教会学校，开始读英文，动笔翻译，或写英文的文章，他看见的世界就是古老的中国。但他阅读英文原著之前，他先接触到了西方翻译过来的文学作品。我们等一下再讲他最早读到的林纾翻译的作品。林纾翻译的西方小说给了他一扇窗，打开这扇窗户，可以看见外面的世界。

钱先生出生在江南的书香之家，无锡城里的这个宅院不算小。他后来的夫人杨绛八岁时来过钱家，她在《记钱锺书与〈围城〉》中说：

只记得门口下车的地方很空旷，有两棵大树；很高的白粉墙，粉墙高处有一个个砌着镂空花的方窗洞。锺书说我记忆不错，还补充说，门前有个大照墙，照墙后有一条河从门前流过。

钱锺书从小就在名义上过继给了伯父，杨绛的《记钱锺书与〈围城〉》中说：

> 每天早上，伯父上茶馆喝茶，料理杂务，或和熟人聊天。锺书总跟着去。伯父花一个铜板给他买一个大酥饼吃（据锺书比给我看，那个酥饼有饭碗口大小，不知是真有那么大，还是小儿心目中的饼大）；又花两个铜板，向小书铺子或书摊租一本小说给他看。家里的小说只有《西游记》《水浒》《三国演义》等正经小说。锺书在家里已开始囫囵吞枣地阅读这类小说，把"猒子"读如"岂子"，也不知《西游记》里的"猒（dāi）子"就是猪八戒。书摊上租来的《说唐》《济公传》《七侠五义》之类是不登大雅的，家里不藏。锺书吃了酥饼就孜孜看书，直到伯父叫他回家。回家后便手舞足蹈向两个弟弟演说他刚看的小说：李元霸或裴元庆或杨林（我记不清）一锤子把对手的枪打得弯弯曲曲等等。他纳闷儿的是，一条好汉只能在一本书里称雄。关公若进了《说唐》，他的青龙偃月刀只有八十斤重，怎敌得李元霸的那一对八百斤重的锤头子；李元霸若进了《西游记》，怎敌得过孙行者的一万三千斤的金箍棒（我们在牛津时，他和我讲哪条好汉使哪种兵器，重多少斤，历历如数家珍）。妙的是他能把各件兵器的斤两记得烂熟，却连阿拉伯数字的1、2、3都不认识。

钱锺书在很小的时候不仅读过《西游记》《三国演义》《水浒传》等小说，还读了《说唐》《济公传》《七侠五义》等闲书。他的小说《围城》中的人物方鸿渐小时候就是看这些"不合教育原理的儿童读物"的。其实这也是他自身的经历。钱锺书是很会联想的人，读了这些小说，他会把不同作品里兵器的斤两放在一起想，虽然幼稚，却也是能比较，能提出问题。他一生都对《西游记》有着强烈的兴趣，到老也不曾减少。这些中国的旧书是他幼年、少年时最早打开的窗。

钱穆小时候也念了很多的闲书，《水浒传》《三国演义》在荡口都已经读过了。他们从小都读过这些书，当然也读了正儿八经的《论语》《诗经》等经典。钱锺书十岁进入东林小学念书。他十一二岁时，有一天他突然发现了两小箱书——上海当时最有名的商务印书馆出版的"林译小说丛书"，有一百多种，包括狄更斯、大仲马、小仲马、雨果的作品，还有柯南道尔的福尔摩斯探案系列。正是这套小说把他带进了一个新天地，一个《水浒传》《西游记》《聊斋志异》之外的新世界，这是他的一扇新的窗，更大的窗。

林纾就是林琴南，福建人，做过京师大学堂的老师。京师大学堂是北京大学的前身。林纾是古文高手，他的古文写得好，为桐城派大师吴汝纶所推重。林纾一句外语都不会，居然成了中国当时最有名的翻译家，这也只有那个时代才会出现。懂外文的人讲给他听，他用文言文译出来，有时候译得比原文还动人。钱锺书在《林纾的翻译》中说："林纾译书所用文体是他心目中认为较通俗、较随便、富于弹性的文言。"林纾翻译的小说影响了几代中国人，包括鲁迅、沈从文，也包括钱锺书。

钱锺书对林纾心存敬意，认为十一二岁的时候，林纾给他打开了窗户，让他看见了西方世界，西方的人情世故、社会百态。后来他就读清华大学，又去了英国，在牛津大学深造。可以说林纾是他的启蒙者。林纾的作品是他看见西方世界的一扇窗户，这扇窗户对他来说太重要了。他在《林纾的翻译》中说：

> 接触了林译，我才知道西洋小说会那么迷人。我把林译里哈葛德、欧文、司各特、迭更司①的作品津津不厌地阅览。假如我当时学习英文有什么自己意识到的动机，其中之一就是有一天能够痛痛快快地读遍哈葛德以及旁人的探险小说。四十年前，在我故乡那个县城里，小孩子既无野兽电影可看，又无动物园可逛，只能见到"走江湖"的人耍猴儿把戏或者牵一头疥骆驼卖药。后来孩子们看野兽片、逛动物园所获得的娱乐，我只能向冒险小说里去追寻。

等到他开始能读原文，他总是先找林纾译过的小说来读。但他后来发现，林纾早年的译作生动，后期的译笔就暗淡了，这不是因为后期缺少精彩的原作，比如分明也有塞万提斯的《魔侠传》，但林纾的这个译文无精打采、死气沉沉，与塞万提斯生气勃勃的原文完全不匹配。钱锺书在《林纾的翻译》中说：

> 这种翻译只是林纾的"造币厂"承应的一项买卖；形式上是把外文作品转变为中文作品，而实质上等于把外国货色转变

---

① 今译"狄更斯"。

为中国货币。林纾前后期翻译在态度上的不同，从这一点看得出来。

有人说钱锺书嘲笑一切，有一种高高在上的自负，看见别人总觉得很可笑；也有人说他幽默。围绕着他有不少的争议，很多人不喜欢他，又有许多人非常崇拜他。对于他的幽默，胡河清在《钱锺书论》中有几句话：

> 近年来称颂钱锺书的幽默者多矣，有说他继承了古老的"春秋笔法"的，有说他近似吴敬梓《儒林外史》式的冷嘲的，也有说他酷肖现代派的"黑色幽默"的；单单没有人想起钱老先生可能会与巴尔扎克、狄更斯的外国古典派者流有什么联系。在我看来……则也很可以说在许多地方钱锺书也是在使用巴尔扎克做小说的手段在写他的艺论。且看《管锥编》《谈艺录》中收集了古今中外上下几千年那么多声名赫赫的文人雅士的笑话，出尽了他们的洋相丑态，这难道就不可以同巴尔扎克的《人间喜剧》比一比么？

钱锺书自己写过一篇《说笑》，也是古今中外，旁征博引，讲到底什么是幽默：

> 自从幽默文学提倡以来，卖笑变成了文人的职业。幽默当然用笑来发泄，但是笑未必就表示着幽默……
>
> 把幽默来分别人兽，好像亚里士多德是第一个。他在《动物

学》里说："人是惟一能笑的动物。"近代奇人白伦脱（W.S.Blunt）有《笑与死》的一首十四行诗，略谓自然界如飞禽走兽之类，喜怒爱惧，无不发为适当的声音，只缺乏表示幽默的笑声。不过，笑若为表现幽默而设，笑只能算是废物或奢侈品，因为人类并不都需要笑……然而造物者已经把笑的能力公平地分给了整个人类，脸上能做出笑容，嗓子里能发出笑声；有了这种本领而不使用，未免可惜。所以，一般人并非因有幽默而笑，是会笑而借笑来掩饰他们的没有幽默。笑的本意，逐渐丧失；本来是幽默丰富的流露，慢慢地变成了幽默贫乏的遮盖……

………

……真正的幽默是能反躬自笑的，它不但对于人生是幽默的看法，它对于幽默本身也是幽默的看法。提倡幽默作为一个口号、一种标准，正是缺乏幽默的举动；这不是幽默，这是一本正经的宣传幽默，板了面孔的劝笑。我们又联想到马鸣萧萧了！听来声音倒是实，只是马脸全无笑容，还是拉得长长的，像追悼会上后死的朋友，又像讲学台上的先进的大师。

钱锺书从小就喜欢臧否人物，议论古今，他父亲钱基博认为这不是"早慧"，而是浅薄。那时他只有十岁。他十三岁进入苏州桃坞中学，这是一所教会中学，全用英文教学。在桃坞中学期间，他翻译过英国威尔斯的名著《世界史纲》开篇部分，题作《天择与种变》，也写过评述达尔文进化论的《进化蠡见》，使用的是文言文。从他在校刊《桃坞学期报》上发表的那些文字，可以看出，他的窗户越来越多，一扇一扇通向世界的窗户都慢慢打开了。

桃坞中学停办后，钱锺书转到无锡辅仁中学，这也是教会中学，一样重视英文。从十三岁到十八岁，关键的成长岁月，奠定了钱锺书很好的外语基础，对于他接触西方经典，看见一个更辽阔的世界，最终成为学贯中西的一代学者无疑是至关重要的。研究者说，他在中学毕业前的青春期，中英文均已能卓然自立。

李慎之的悼念文章中说：

> 钱先生有一次曾对我说"西方的大经大典，我算是都读过了"。环顾域中，今日还有谁能作此言，敢作此言？

也正是读过了西方的大经大典，他才说得出："东海西海，心理攸同；南学北学，道术未裂。"

钱锺书为钟叔河的《走向世界》所写的序言中那些话，也是他从小一路走来的真实体验。他从这个庭院走向世界，先是认识中国，然后认识西方，等到他真正走进西方，又回到中国，用世界的参照系来读中国的经典，这个时候他有了许多新的发现，他也成了举世瞩目的大学者。

在《走向世界》的序言中他说：

> 中国"走向世界"，也可以说是"世界走向中国"……
> 在我们日常生活里，有时大开着门和窗，有时只开了或半开了窗，却关上门，有时门和窗都紧闭，只留下门窗缝和钥匙孔透些儿气。

说到窗户，我们再回到他的那篇《窗》，他讲到关窗等于闭眼，一起来读这一段：

> 关窗的作用等于闭眼。天地间有许多景象是要闭了眼才看得见的，譬如梦。假使窗外的人声物态太嘈杂了，关了窗好让灵魂自由地去探胜，安静地默想。有时，关窗和闭眼也有连带关系，你觉得窗外的世界不过尔尔，并不能给与你什么满足，你想回到故乡，你要看见跟你分离的亲友，你只有睡觉，闭了眼向梦里寻去，于是你起来先关了窗。因为只是春天，还留着残冷，窗子也不能整天整夜不关的。

钱锺书的文章有点深，你们现在读起来也许还有些吃力，你们的理解可能不够完整，但不要紧，你们只要了解，不要总是把窗关上，要打开你的窗，打开窗才能看见外面的世界，看见的世界越大，你得到的就越多。钱锺书是一个从小就开了窗的人，从小就读了很多中国书；十一二岁时他看了林纾翻译的作品，透过这些作品看到了西方的世界。然后能阅读外文了，他读了大量西方的著作。他的整麻袋的笔记本，后来整理出版了。刚才你们看到的七十二册《钱锺书手稿集》，主要是他的读书笔记，还不是全部。他一生留下的最主要的财产也许就是这些笔记本，那是他的读书摘记。我相信他也不是过目不忘，还是要记下来的。你们要从小学会做笔记，不要完全靠记忆，因为你的记忆是靠不住的。这些笔记是用各种不同的语言记的，也是他打开窗看见的世界。

与钱锺书对话

钱锺书既走向了世界,又一辈子写文言文、旧体诗,他留下了一本诗集《槐聚诗存》。"槐聚"是他的号,出自元好问的两句诗:"枯槐聚蚁无多地,秋水鸣蛙自一天。"学者汪荣祖写过一本研究钱锺书的著作,叫《槐聚心史:钱锺书的自我及其微世界》,里面有这样一段话:

从此钱锺书毕生以读书为志业,博览中西典籍,但他对书"无情",自少到老既不刻意藏书,更不将书视若拱璧,而是尽量"消化"之,在书上随兴眉批,勤作笔记,阅后往往将书转送别人,弃如敝履,他所景慕的是书中的知识,而不是书的本身。他读书成癖,无日不看书而独具只眼,在清华与牛津读书时期,在湘西荒野间以及坐困孤岛的岁月里，经常是"读书如恒"，而且留下大量的读书笔记。他不藏书，藏书万卷者不一定能读，而他的笔记则是他读过的藏书，不仅读过，而且心到、手到。他的人生除了在意看他喜欢看的书之外，其余如穿着与用品都不放在心上。

钱锺书这一生与书在一起，是寂寞的一生，也是满足的一生。他说的这句话"西方的大经大典，我算是都读过了"，透着一种骄傲，也有一种满足。

童子习作

孤　灯

金恬欣

灯亮着，发出微弱的光。

一个男子坐在桌前，在昏暗的灯光下执笔写作。

夜很静——长夜中，只有这盏灯微微闪烁。

钱锺书的一生中，有无数盏灯。

儿时，他总是趴在伯父的腿上听书。从《水浒传》到《三国演义》，从《论语》到《诗经》……一本本书，是他了解世界的第一扇窗，也成了他第一盏灯，跳动着幼小的火苗。

年少，饱读中国古典文学的他，来到了一个全新的世界。他发现，天下也可以不"分久必合，合久必分"；他发现，人也可以不只是黑白分明。这盏灯为他点亮，顷刻间，世界不再只是方圆几里之内的那个世界。油灯下的世界，是无边的世界。

世界很暗。少年在外闯荡，他看到"朱门酒肉臭，路有冻死骨"，他发现一个他从未看到过的世界。少年看到了人心诡诈，他心中的烈火，从未如此强烈。

他又该如何和世界对抗呢？面对无垠的世界，他渺小得像一粒沙。少年在长夜中徘徊，寂寞感油然而生。

那一刻起，他的笔撑起了他的世界。他像灯炷，肆意燃烧，扫除所有的黑暗。

漫漫长夜，只有这盏灯亮着。在所有灯都灭尽时，他的心也是寒的吧？

在钱锺书射出火焰的眼里，仿佛还有无尽的黑暗等待被打破——因为他就是一盏灯啊。

缸

解芷淇

我，一口缸。和我一起住在这儿的其他缸同伴，有的被主人种满漂亮的荷花，有的放了些小鱼，而我被一个女人买下，放置在园中。

随着"哗——哗——"的声音，我满怀希望地看着她，希望得到一些花或小鱼，她却走了。一个名叫钱锺书的少年笑呵呵地看着我，瞬间我感觉有什么被我"吃"了下去。刚考完试的他，并不知道自己的成绩，天天乐呵呵的。成绩出来了，文科学霸的他，数学考了一个大鸭蛋！不过因为其他两科的分数全高于八十五分，他考上了清华。

第二次见到小主人时，他已是青年。我发现他经常把自己"关"在房间里面写作、翻译，他已学会多种外语，加上他本来国语就好，翻译起作品来自然轻松不已。

我是一口缸，一口旧时的缸，我活了多久，我不知道；我见了多少人，我不清楚。我只知道钱锺书是我见过的外语最好的人！

自古圣贤多寂寞
查雯茜

钱锺书是寂寞的。

他狂，他傲，他爱讽刺，很多人都不喜欢他。但他有这个资格，他的学问到了别人无法企及的高度。他是一位了不起的作家，也是一位学贯中西的学者。

寂寞归寂寞，还是有很多人崇拜他。很多才子，谁都瞧不上，唯独崇拜钱锺书。在钱锺书故居，有一面墙，上面贴满了游客许愿的便笺纸："以后想成为钱锺书一样的人""想有钱锺书一样的爱情"……

他虽然已不在世上，但他还活在人们心中，给人以精神的力量。

寂　寞

林家璐

钱锺书是寂寞的。他学贯中西，读了大量的中外典籍。天下能懂他学问的人很少。他在思考，在创作。他名垂青史，可是，他在现实中是寂寞的。

钱锺书走后，院子寂寞了。虽然有许多游人来参观、游玩，可是谁能像钱锺书一样呢？院子变成了钱锺书的纪念馆，可是陈列的只是钱锺书的手稿、遗物。

寂寞的钱锺书，寂寞的院子，都在想：

何时他们才能不寂寞？

我想，这需要一个真正懂他们的人出现吧。

缺　点

陈胤涵

寂寞是钱锺书一生的伴侣。钱先生是一位大学问家，他的学问已经达到常人不易理解的地步，因此他寂寞。

学贯中西的他，数学却十分不好。钱锺书去考清华，数学考了零分，但校长因他国文、英语特优破格录取了他。钱先生真是实实在在的"偏才"。

高学识的钱先生，喜欢嘲讽别人，以至他去世之后，中国分成两大派，一派支持钱先生，一派反对钱先生呢！

由此可见，学识高的人也会有缺点。

这一刻，小院不再寂寞
王晟睿

古朴的小院，干净利索，简单而雅致。院子内寂静无喧嚣，院子外热闹非凡，内外天壤之别。

少年钱锺书日夜在院子里读书写字，墨香在院中悄悄飘着，院中那棵梅树日夜与他为伴。他坐在书桌前，与书中人物相对时，他并不感到寂寞。

很多年过去了，昔日的少年过世了，院子变得寂寞了。但我们来了，这儿就不再寂寞，那棵老梅树下又有了琅琅书声，小院似乎又焕发了生机。

因为有了我们的读书声，这一刻，小院不再寂寞……

梦
陈禹含

闭了眼向梦里寻去，寻找钱锺书的梦。

一个早晨，一个大酥饼吸引了我，我从大酥饼中看见了钱锺书吃饼的画面，接着是他看书的画面，《说唐》《济公传》等，各种武器以及斤两记得滚瓜烂熟。《说唐》《西游记》《三国演义》中的故事、人物，都被他记住了。回到家里，他便手舞足蹈地向两个弟弟演绎小说中的内容。不仅仅大酥饼其味无穷，小说的味道对于他应当更浓郁吧。大酥饼是好吃，只可惜少了点书香味！我心里不禁这样想。

一个中午，与其说是一根竹子，不如说几十根竹子吸引了我的目光。一片片竹叶在阳光下发出金色的光芒，我觉得竹叶也有一扇扇窗，开了窗，让灵魂自由出入；关了窗，可以让灵魂去探胜，安静地默想。一扇窗开了，思想与灵魂打开了，我从那微小的竹窗中看见钱锺书年少时的画面。

一个晚上，窗外细雨绵绵，钱锺书在上海孤岛聆听着细雨的声音。此时，书桌上摊开的是他的书稿。细雨，是历史的细雨，他的思想已与细雨合为一体。他，寂寞，又做了一个寂寞的梦。一盏寂寞的灯照着寂寞的他。

现在，童子们吃着大酥饼，看着书，感受到了钱锺书体验过的那份回味无穷；童子们折下一片竹叶，吹起简单的口哨，编织出钱锺书的人生交响乐；童子们正走近那扇看见钱锺书岁月沧桑的窗，想走进他的寂寞。

竹

张雨涵

终于到了钱锺书先生故居，但就是那么一个小房子，使人不免有些失望。

正当我在一个个房间里转来转去时，我忽然发现墙角有一株竹子。那竹子上面长着稀稀疏疏的竹叶，它就那样站在角落里，身板笔直，与周围的景色格格不入，有些怪异。毕竟以前见到的竹子，都是一丛一丛的，它就那么一株，自然奇怪。

但它就是立在那儿，颇有些高人一等的味道，我于是想起了故居的主人——钱锺书先生。都说钱锺书先生这一生是寂寞的，算得上"高处不胜寒"。他在学术上高人一等，他是一个孤寂的人。他虽有着极大的影响，但他性格高冷孤僻，自然寂寞。

那样有几分与周围环境格格不入的竹子，或许也是寂寞的吧！

窗

徐朵露

"窗，聪也，于内窥外，为聪明也。"窗是房屋的眼睛，而眼睛是灵魂的窗户。有的人，一辈子都打不开属于他自己的窗；而有的人，却打开了一扇又一扇的窗，让窗外的阳光、空气进来。

钱锺书的爸爸和伯父为他打开了文学启蒙之窗；不会英文的林纾为他打开了世界之窗，带领他走进一个新天地。钱锺书打开了一扇窗，推开了一道门，开辟了新天地。

其实每个人都有许多无形的窗。病房里的人，渴望窗上透进的阳光，照射到身上，助自己恢复健康；牢房里的人，窗外的一切，都是他们生的希望。有些人，失败也能打开一扇窗。因为失败是成功之母，让他离成功又进了一步。

而我要打开哪扇窗呢？我想我要敲碎失败之窗，打开勇气之窗，走向我的新世界。

七、大树对门飞鸟闲——顾毓琇篇

先生说

我们从钱锺书家走到了顾毓琇家，从一个寂寞的人走向一个热闹的人。顾毓琇与钱锺书有很多不同。顾毓琇是一个全才，一个文理兼通的人；除了电机科学，他在诗词、音乐、佛学、教育等领域也都有所成就。这两个人给我们很多的想象空间。他们都是清华人，顾毓琇读的是清华学校（清华大学前身），钱锺书进的是清华大学，顾毓琇比钱锺书大八岁，但进清华却比钱锺书早十四年。

他们都是打开窗户走向世界、看见过辽阔世界的人；他们同样是学贯中西的人，是站在新旧文明交替时代的人。顾毓琇曾说过一句话：

当一个人面对落日，直呼"啊！"时，文明（或者文化）便由此萌生。

在很长时间中顾毓琇几乎被遗忘了，但民国时他在科学界、教育界都很有影响。他做过清华大学工学院院长、中央大学校长、国民政府教育部政务次长，1949年以后他长期在美国的大学任教。

对于故乡无锡他念念不忘，他在《我的父亲》中说：

无锡是一个幽美的地方。靠近万顷汪洋的太湖,相传是陶朱公范蠡泛隐五湖的所在。太湖经过了五里湖通到溪河,这条河因为梁鸿孟光夫妇隐居于此,所以名曰梁溪,亦就是无锡的别名。

顾毓琇纪念馆合影

说起无锡的名胜他如数家珍：

鼋头渚几乎是一个岛，伸出在太湖五里湖的交口，所以风景特别好。太湖水带黄，这黄绿的水冲破了江浙的畛域，浩浩荡荡，五里湖水则带蓝，这碧绿的水晖映着梁溪的秀丽，温柔而妩媚。这显然的分别，在梅园高处极容易看出来。

《芝兰与茉莉》是他在清华求学时发表的一篇小说，里面也有类似的议论：

梅园太平淡无味，只能望湖不能看湖，有什么意思呢！隔几里地的万顷堂就好得多了，一面看五里湖淡绿色的皱纹，一面看太湖粉黄色的波浪是怎样的美啊！远远的帆影，隐约的山头，出没无常的水鸟，同一二飘过的小渔船点缀出不可思议的妙景来……

我们所在的顾毓琇纪念馆，就是他度过了少年时代的家。他出身于读书人家，父亲受过新旧教育，学过数学、天文学等，上过保定法政学堂，在清末给光绪皇帝送过葬，民国元年（1912年）在无锡见过孙中山，但不幸在三十五岁就去世了。他父亲特别注意对子女的教育，教他们识字、唱歌，给他们讲《三国志》，还买三轮脚踏车给他们骑。小时候，在私塾里请先生教，大一点，白天送他们到学堂，晚上在家再请人来补习。顾毓琇开始接受私塾教育是在1906年，虚岁不过五岁，有好几位家庭教师先后辅导过他，他读过经典名著，能写简单的散文。他的外公是位杰出的学者和书法家，经常吟诵岳飞的《满江红》。童年时家庭对他的影响，使他在1932年写出了一个取材于岳飞悲剧一生的剧本《岳飞》，这个剧本1940年在重庆首演成功。

童子们演绎顾毓琇的剧作《岳飞》

1912年，顾毓琇考进无锡的新式学堂，当时他国文、算术都考了第一名。1915年他因数学成绩突出，得到了一套机械绘图工具的奖品。他的中文根基这时候也已初步奠定，钱锺书的父亲钱基博是他的中文老师。

他十四岁考入清华学校，在清华读了八年，然后留学美国，入麻省理工学院电机科，获得电机工程博士学位，还曾在哈佛大学选读科学哲学。他家六个兄弟一个妹妹，个个都受过很好的教育：大哥在同济大学学医，在德国汉堡大学拿到博士学位；三弟毕业于交通大学，在美国康奈尔大学拿的工业工程专业的哲学博士；四弟清华大学毕业，在美国麻省理工学院拿到化学工程专业科学博士学位；五弟先后在伦敦经济学院、哥伦比亚大学就学，在外交界服务；六弟毕业于交通大学土木工程系，还在光华大学学过经济学；唯一的妹妹毕业于沪江大学经济学专业。

这个庭院很神奇，孕育了顾家一代英才。我们来看看顾毓琇的诗：

乡　　思

我家居住虹桥湾，大树对门飞鸟闲。
沿街可通孔圣庙，出城便上惠泉山。
风吹五里花飞径，峰绕九龙石闭关。
远望太湖波万顷，飞仙羽化入云间。

他一生保持着写旧体诗词的爱好，不仅与同时代的人唱和，还写了大量和古人的诗词，从陶渊明、李白、杜甫、苏轼、李清照到无锡的高攀龙，在《顾毓琇全集》中旧体诗词的数量最为庞大。

这首诗从他的家写到惠山、太湖的风光，"我家居住虹桥湾，大树对门飞鸟闲"，这个"闲"字好，本来平平常常的句子因为这个"闲"字就有了诗意。再看"风吹五里花飞径"，能不能想起我们在惠山读的"惠山街，五里长。踏花归，鞋底香"？顾毓琇活了一百零一岁，一生不断地回望故乡无锡，在旧体诗词中留下了他的思念。他填过一阕《兰陵王·太湖秋霁》，其中说：

……少时旧踪迹，忆十里溪平，万顷湖阔。斜风狂雨乌云接。

忽碧浪汹涌，白帆摇曳。船夫双桨无从歌。为安渡乘客。

鼋渚，恨孤寂。叹越女浣纱，一笑倾国。吴山千古空悲戚。记梅墅看月，蠡园闻笛。太湖秋霁，水与天，共一色。

他的《芝兰与茉莉》小说写到故乡，笔底也带着感情：

一叶扁舟，送我们经梁鸿溪而至五里湖。一路看见惠泉九峰，龙光塔影，十分秀美……

一路河面非常宽阔，两岸桑田发出清新之气。半途逢到一船的水老鸟，浑身黑得有趣，不住跳下水去捉鱼，捉到了供献给他们的主人。到了五里湖了！一碧绿水，微风吹动，吹绉了无限波纹。细腻得如华丽的绸缎。船身的滑动，随着浪花飘飘，有时竟要冲破湖边菱塘的草栏。

船先开到万顷堂，我们上去凭眺了一番。天气很好，太阳照出远远湖心的山峰，历历可数……

到了鼋头渚：

一双洁白的小鸟不慌不忙地飞过来。妹妹喜欢小鸟，正看得出神，我只顾着照相机，也没有留心……我们俩站在礁石上，静听着前后浪花澎湃的声音。

远远的帆影，远远的沙鸥，都小得有趣。鲜红的日光，照在湖面上。由湖面上反射出的光彩，映得十分好看，几乎令人相信湖神的宫殿是各色琉璃瓦砌成的。妹妹站在那里出神，我把照相机递给她，她摇摇头说："太美了，照不尽这些。"

....

……我们走到鼋头伸出太湖的尽处去看湖。浪花飞溅在岩石上，打得粉碎。同时发出水石相击的乐声，明明是单调而无变化，我们却觉得有天然和谐的音节。妹妹是懂得音乐的，妹妹唱了一个调子，我觉得非常好听……其实我那时候觉得无论什么歌儿都美了。无论鸟的鸣，虫的叫，泉声的涓涓，浪花的澎湃；都对于我有无上的意义。我相信一切都是有意识的。触目看见树上挂着"不准攀折"的木牌，我十分怪着山人过虑。一棵花一根草都包含着自然之美，我忍得摧折它们么！我相信人们都能领略自然之美，因为我的妹妹也是这样想……我同妹妹说："一早起来看日出才好呢！"妹妹点点头，她说："日落难道不美么！只想天上织满了云锦，映着远山近峰；看斜阳夕晖渐渐地投入浪花滚滚里，卷进五彩的水晶宫去。那时候东方的碧玉沉静地透露出来……唉，说不尽想不尽的美啊！"

我也被幻想迷惑住了，我真想结一茅庐，但天天看日落日出也就心满意足。何况变幻无穷，佳境正非意料所及呢……

顾毓琇就是在太湖长大的孩子，这里的自然和人文对于他有不可忽略的意义，也是他一生咀嚼不尽的。他写"天下第二泉"：

登岸先至二泉亭，赵孟𫖯的笔迹指给游客看天下第二泉就在于此，因为各人有各人心目中的第一泉，对于这个规定似乎没有人抱过不平。一方一圆的泉，我们从小就看惯了，小时候常拿小制钱掷在泉水里看旋转。还有喝泉水茶的时候，把铜元一个个放在茶杯里。水面看出许多还不外溢，——这些都是小孩时候觉得泉水茶特别有趣的地方。泉亭的前面有一个水池，龙头不住地放水。池里有水青色金黄色……各色的大金鱼。这些差不多是我每次游惠山所要看的。鱼不住地游泳，非常活泼，有时候翻一个身，水花高高的溅起。

顾毓琇十四岁进入清华，从1915年到1923年，正好赶上"五四"时代，可以说他是在"五四"新文化运动浪潮中成长起来的。他在清华就喜欢文学，用白话文写作——虽然他后来选择的是电机专业，在这方面有很深的造诣，贡献也在这方面。他对文学的兴趣却保持了一辈子，文学滋养了他的整个人生。

他在《求学清华》中自述：

我在清华求学八载，简短回顾后四年，先后学过欧洲史，西方文学（包括莎士比亚的《哈姆雷特》等名剧，狄更斯的《双城记》，弥尔顿、拜伦、济慈、雪莱等人的诗歌），数学（算术、代数、几何），物理，化学，德语，法语等等。我已做好了麻省理工学院专修电机工程的一切准备，而我对文学的兴趣，仅限于短篇小说、一部中篇和两个剧本，并没有有意识地去发展、培养。为提高英文水平，我曾读过一些课外书但也不限于文学作品。我了解易卜生、斯特林堡、高尔斯华绥、萧伯纳和契诃夫等人的现代戏剧，但我并不渴望成为剧作家或是导演。我也参与演讲，引导辩论，虽然大多数用中文。

他那时就在学校社团做过报告，介绍爱因斯坦的相对论；当爱因斯坦环球之旅抵达日本时，他也在盼望爱因斯坦能来中国访问。他说："清华给了我方方面面的教育：精神上的，身体上的，智力上的。"

他在清华就被选定将来要到美国专攻电机工程，却没有狭隘地做一个专业人，而是成了一个通才。那时候，清华的人文环境也真是让人羡慕。他在《芝兰与茉莉》小说中写的这一段，比回忆更能看出水木清华是怎样孕育出他这样的学生的：

> 到校渐久，水木清华的美，也渐渐知道领略了。心神稍定，读书也渐有兴趣。课外上图书馆去随便翻阅各种书报，觉得课本之外的学问确有过于上课万倍者。我十分爱读外国小说，起初只为着多读可以长进英文，后来渐渐为着小说而读小说了。英国美国法国俄国的小说家的名字渐渐熟悉起来了。

清华求学期间，他翻译了很多英文作品，1920年他在报刊上发表翻译的短篇小说，包括莫泊桑、泰戈尔等人的作品。1921年翻译了欧·亨利、莫泊桑、马克·吐温等人的七个短篇和两个剧本，他还组织了一个研究短篇小说的小团体，后来扩展为清华文学社。清华文学社是1921年11月成立的，早期的成员包括闻一多、梁实秋、饶孟侃、朱湘等人，他自愿担任小说组组员兼戏剧组主席。1922年，他开始写短篇文，这一年就写了十五篇，发表在《清华周刊》上，还完成了第一个剧本《孤鸿》，发表在当时很重要的《小说月报》上。

他的人文根基可以说是在清华奠定的，他的多方面的才华是在清华被发现的，他的审美力也是在清华养成的。他无意做小说家，离开清华之后也未再创作小说。他无意做剧作家，但包括《荆轲》《西施》《项羽》《岳飞》在内的十个剧本，却证明了他在这方面的才能。1925年，他在美国留学期间，自任编导，在波士顿美术剧院公演《琵琶记》，梁实秋、冰心和他都扮演其中角色，一批业余演员粉墨登台，得到当地报纸的好评。那时，他一面攻读电机工程，一面完成《苏武》的剧本。

他无意做诗人，虽然生平留下大量的旧体诗词。他具有多方面的兴趣、能力，在不同的领域都有尝试、探索的兴趣，一辈子保持着乐观和热情，不像钱锺书始终是个寂寞的人。这样的人是罕见的，在他同时代的人中，也没有发现第二个人。

刚才你们进来时，在那里念他写的论文题目，他用英文写的论文集，在十六本《顾毓琇全集》中占了四大本。他还有音乐、佛学研究方面的著作。那个时代的清华实行通识教育，因此能造就出顾毓琇这样的通才，他同时又是专才。

顾毓琇多方面的兴趣，和他在人文上的造诣，使得他做科学家也做得轻松，潇洒。诗是他表达情感的方式，是他内心的需要。我们来读他怀念清华大学校长梅贻琦的一首诗。梅贻琦做清华大学教务长、校长的时间很长，顾毓琇曾是他的学生，后来又共事，顾毓琇非常敬重梅贻琦先生。这首悼诗不是旧体诗，而是用白话写的：

没有死亡：水仙花这样郑重地宣称，
蝴蝶兰在窗前舞跃着也这样声明。
燕子飞来发誓，黄鹂好作见证。
五月的一切灿烂光景谁不知情？

没有死亡：亲朋抑郁的心啊，相信吧！
天地和太阳同在金声中合唱悠扬。
生命由爱而永生，你们能疑虑吗？
把忧愁抛在炎夏的火里，不要悲伤。

没有死亡：青青草原的云雀重复唱。
清华园荷花池畔的钟声赞赏响应。
整整三十年的春风化雨，桃李成行。
长城的烽火消散，昆明湖依旧宁静。

没有死亡：原子炉的临界可以保证。
静听啊，宇宙的神秘像呼吸般轻盈，
在核心破裂中放射出无穷的巨能。
伟大的梅先生，高风长在，英灵永生！

梅贻琦先生 1962 年在台湾去世。这首悼诗中讲到了原子炉、宇宙、核心破裂，顾毓琇用这些特殊的语言悼念梅贻琦先生。他也捕捉了水仙花、蝴蝶兰、燕子、黄鹂这些意象，并一再地重复"没有死亡"，真正要表达的就是"生命由爱而永生"。作为教育家，梅贻琦先生的爱体现在"整整三十年的春风化雨"中，他也站在成行的桃李中。顾毓琇很少写白话诗，另外有一首《太空》：

因为有了原子的分裂，
物质便变成了能。
这样的科学神秘，
爱因斯坦发明
相对论，到底是真理。

太阳只是个星球，
小天地，大宇宙，
进入太空纪。

他有一篇散文《行云流水》，第一节的标题用的是李白的诗："弄电不辍手，行云本无踪。"我们来读一段：

（一）弄电不辍手，行云本无踪

人生是一个旅行，倘若你没有旅行，你就枉过了人生。从小读唐诗，读到"弄电不辍手，行云本无踪"，我对于电学固然发生了兴趣，而对于云游天下的名山大川，更觉得神往。但是旅行亦大不容易，要看机会，有了机会要能把握，不好轻易放过，旅行的机会错过了，虽不至于"一失足成千古恨"，但亦可能有"再回头已百年身"之感。所以有机会旅行不要放过，但勉强求得亦大可不必。旅行原为求身心愉快，倘若旅行反被旅行累，旅行反受旅行苦，则亦徒增烦恼，离"行云无踪"的本旨实远。

他从小读唐诗，被李白的这两句诗吸引，第一句诗跟他后来的专业竟然有关，"我对于电学固然发生了兴趣"；如果他童年时真的因为李白这句诗对电学发生了兴趣，那真是一个神秘的现象。第二句"行云本无踪"，则使他神往于天下的名山大川。他的一生几乎可以拿这两句诗来概括，"弄电不辍手，行云本无踪"。这两句诗出自李白的《玉真仙人词》，我们来读一下：

玉真之仙人，时往太华峰。
清晨鸣天鼓，飙（biāo）欻（xū）腾双龙。
弄电不辍手，行云本无踪。
几时入少室，王母应相逢。

他为什么会想到李白这两句诗？他的专业就是电学，对"电"特别敏感，李白这里的电指的是什么？雷电。如果李白的诗启发了少年顾毓琇，这真是功莫大矣。读万卷书，行万里路。我们接着读《行云流水》：

在几十年人生的经验里，我游览过很多地方，但是想去而没有能去的地方，自然远超过我去过的地方。举例而说：我到过大理，但没有登鸡足山。我几次游昆明，但没有到石林。五岳之中，我登过泰山、衡山，西岳华山很想去，但是出潼关、访河南的计划，被中原会战打破了。

他讲了自己的遗憾，说到黄山，那时只到过黄山脚下的屯溪古城，住过黄山大饭店，却没有上山。天目山、雁荡山也没去过。抗日战争期间在四川住了八年，但没有游过峨眉山和青城山：

> 有人说峨眉山没有什么好。假使他没有去过，那就不免有"酸葡萄"的味道。假使他去过，逢巧天气不好，到了金顶，云雾弥漫，没有看见佛光神灯，或是走过洗象池，大小猴子避而不见，或者群起包围他，他便说峨眉山没有什么好，那便有点不公平。假使他去过，天气又好，风景亦不差，他还要说峨眉山不过如此，那他是在耍神气，表示他见闻广博，这里到过，那里去过，中国的山水不如外国的山水，峨眉天下秀不如阿尔卑斯山的"幼女峰"，让那些没有去过的人们惊美称异。我认为这样的"神气"亦可以不必。

他说凡事不要勉强求得，要顺其自然，要不然就离"行云本无踪"的宗旨远了。没有登过名山，也不要特别遗憾。一个人去过的地方多，没有必要让没有去过的人惊羡称异，这样的神气大可不必，你比别人去过更多的地方，不是为了炫耀，而是用来滋养你自己的生命。这样的心态，才合乎李白的"行云本无踪"。我们再读一段：

"三十功名尘与土，八千里路云和月"，这是岳武穆《满江红》的名句。我这里且从三十年前叙起。一九一五年，因为先父宦游济南，我初次到了"四面桃花三面柳，一城山色半城湖"的历下城。大明湖、珍珠泉、千佛山、趵突泉，都一一去过。二十年后我重游济南，大明湖已多淤积，行船维艰，况值残荷时节，不禁起萧条之感。还幸珍珠泉依然。韩复榘当时主省政，可巧不在，省府特烦名手"三弦拉戏"，还有可听。现在回忆起来，三十年前的大明湖明媚得多，七月望日夜间的荷花灯十分好看，趵突泉边清早独轮车的声响亦还有余音缭绕。隔了十年，一切黯淡，比"美人迟暮"还要"不景气"。《老残游记》的"老""残"两字，很可帮助游人的回味。我猛省悟"老"倒不要紧，"残"则太可怜了……

这段文字也可以跟《老残游记》中关于大明湖的那段对照起来读。他说："我要郑重声明，我的'行踪'并不广，比起徐霞客，比起顾亭林，都远不如。"但他去过西方，这是徐霞客和顾亭林那个时代做不到的。这篇文章是他1946年写的，讲的是一个人的游历对一个人生命的重要性。我们到无锡看山水、感受人文，就是在游历，游历丰富我们的人生，拓展我们的人生。英国哲学家培根写过一篇《论旅行》，开篇就说："对于年轻人，旅游是一种学习的方式。而对于成年人，旅游则构成一种经验。"

顾毓琇从无锡出发，到过世界上很多的地方，这篇文章只是讲了他早年在中国的一些旅游经历。济南这一段比较详细，他想到了《老残游记》。我对济南的印象最初也是从《老残游记》里来的，一个地方一旦有一部文学作品牵连着，就会令你终生难忘，人物、作品、地方就是这样串在一起的。将来我们想到无锡，会有很多人物跟这座城串在一起。

"巴黎是一篇抒情诗，柏林是一出英雄剧，瑞士是一幅山水画，意大利是一曲交响乐。"这番话是顾毓琇说的。他曾六访英国，流连于莎士比亚的故乡小镇，见到一个旅馆叫"鹅乡"。他这样说：

> 本来牛津一带都有天鹅，我觉得就把莎翁故里名为"鹅乡"，也未始不可。英国人看重莎士比亚，乃是因为他是伟大的诗人。"诗人"是世界上最崇高的称誉！"诗人"的故乡，便是"天鹅"的家乡，使我便联想到"海为龙世界，云是鹤家乡"。

与顾毓琇对话

他在德国想到歌德、席勒、贝多芬，他们的著作与艺术是永久的。他曾把贝多芬第九交响乐中席勒的诗歌《欢乐颂》译成中文。他也曾翻译过美国诗人卡尔·桑德堡的一首诗《时间的锣》，我们读一下：

时间说：静默！
你依傍着时间的锣而生活。
听啊，时间说：你在有生命
之前静默了好久；你离开生命
之后又将长久的静默；
为什么现在不静默一点？
少说话，啰苏的小人啊！
时间使一切静默！
时间的锣已响过，为着你好
冲破静默而出生。
时间的锣将要响，为着你好
回到出生前同样的寂静。
胜利的人，失败的人，弱者，强者，
说话少而说得美妙的人，
胡说，乱说，糟蹋了一生的人，
时间使人人静默！

他是活在时间中的人，虽然他的时间静默了。

关于顾毓琇，能说的还有很多，"登临为仰先王业，放眼乾坤勇士风"。

我们可以把先王的"王"字改成先生的"生"字,我们到这里来,就是为仰"先生业"。像顾毓琇先生这样的人,在今天这个时代很难再产生了,不过你们可以努力成为像他那样的人。

愿这些无锡的人物都能在你们的生命中生根。关键是生下根,有根系,无论你们将来成为哪个方向的人,人文领域、科学领域,或其他的领域,都可以在他们身上找到一些灵感。

童子习作

国　　恨

付润石

"臣子恨,何时灭!驾长车,踏破贺兰山缺……"沉重的木门后,传来一声声铿锵有力的声音。古老的木门被猛然推开,岳飞涨红脸,眉头紧锁,大踏步跨过门槛,走进顾毓琇的书房。

他手指着顾毓琇:"我堂堂大宋好男儿,誓要精忠报国,你为何写我死于秦妇之手,居心何在?"

顾毓琇合上书,拿下眼镜,沉默不语。

"外有金兀术,内有秦桧。内外忧患,苦了我这颗报国之心。忠诚和民族大义,我竟然不能两全,顾毓琇啊顾毓琇,你为何要将我编入这般的悲剧之中?"岳飞悲愤地说。

"你知道吗?"顾毓琇的声音不大,却很有力,"当年我在重庆,环顾华夏大地狼烟四起,日寇燃起的战火使百姓流离失所,艰难求生。萧然之感不禁升上我的心头。'国破山河在,城春草木深……'"

岳飞沉吟片刻:"只可惜有秦桧秦妇那般的心肠,若不是他们,大宋怎会向金称臣?唉——无可奈何啊!"

"如今,无数大好河山也遭入侵,国仇难报啊!"

岳飞拿起酒:"王氏的甜言蜜语算什么,我怎么会不知道她在想什么。不过即使没有她,我岳飞也只求一死!"

"你死了,留名了。"顾毓琇答道,"死了就算了?不,绝不,迎难而上才能救国,死了有什么用?"

顾毓琇站起来,喃喃道:"待从头,收拾旧山河,朝天阙!"

快乐与寂寞
罗程梦婕

如果

我

是一株小草

一株来自顾毓琇家的小草

我不是最娇嫩的那一株

但我是最快乐的那一株

风与我翩翩起舞

鸟与我互相唱和

阳光温暖我

雨水滋润我

鱼儿告诉我它是多么快乐

一天

一株来自钱锺书家的小草

它告诉我

它的家多清静

大家各做各的

互不相干

我朝它笑了笑

是啊

可惜

没有鱼儿与它做伴

没有风与它玩耍

是多么寂寞啊

桂之香

袁子煊

两株葱郁的桂树分别在顾毓琇故居和钱锺书故居扎根、成长。

一、芽之香

春天，绿色的嫩叶从枝头冒出。顾毓琇坐在书桌边，眨着小眼睛，他不知西方之既黑。他太专注了，一遍又一遍地读着那句"弄电不辍手，行云本无踪"。突然他抬头看了看头上的电灯，又看了看墙上的时钟，低下头思考起来……

钱锺书正捧着林纾翻译的《福尔摩斯探案集》津津有味地看。他在文字中寻找伴侣，想起《三国演义》《水浒传》。当他翻开《论语》《大学》，心中也许感到一丝枯燥，但是他并不厌恶它们。

二、花之香

不知过了多久，小小的黄花在一簇簇绿叶中开放。顾毓琇拿着一支黑色水笔，在写他那第四十六篇科学论文，还没有写完，清风正一遍又一遍地翻阅着桌面上已完成的部分。钱锺书在庭院中讲课，他的一言一语都很深奥，许多人听不明白。

他们从一句诗或一本书中得到启发，不停地努力，最终成功。就好似桂树，饱经岁月的沧桑，最终开花，清香四溢。

顾毓琇先生

蔡羽嘉

上午，我们来到顾毓琇先生的故居。

屋内陈列着先生生前使用过的各种物品，旁边还有介绍，我们一一浏览过去，书房边的小池塘吸引了我的注意力。池塘清澈见底，里面几条金鱼游来游去，我看得出神，仿佛看到顾先生以前在家中生活的情景。白天先生研究电机写论文，晚上先生便点了灯，在灯下看书，他努力的身影水中的鱼儿都有目共睹。他十四岁时考入清华，后来又去了美国，这些事情在我脑海里回映，突然鱼儿的一个翻滚惊醒了我，让我回到现实中来。

看着水中的层层涟漪，听着关于他的生平介绍，听到他在各个领域中都有杰出的贡献，我对他的敬意油然而生。

飞鸟"闲"

陈姝含

我是顾毓琇大门前的一只飞鸟，今天我想在这里告诉大家，顾毓琇诗中所提到的我，到底闲不闲。

这是个岁月流动的过程。在我青年之时，我每天都会去陪伴一个孩子，他叫钱锺书。他是个真正好读书，进而走向世界的孩子。每天他都跟伯父念书。伯父上茶馆喝茶时，他总跟着去。每次伯父都会花三个铜板给他买一个大酥饼、租一本小说。这时，我就会停在小桌上同他一起看。他看《说唐》，我就看《说唐》；他看《七侠五义》，我也看《七侠五义》。因此他记住的关公的青龙偃月刀、李元霸的锤头子、孙行者的金箍棒，我都知道。接近正午，伯父还未从茶馆里出来，他发现身旁还有我在陪他，便又看起书来。

有时他父亲会拉他学数学，这时我也会和他一同思考数学题。不知为什么锺书他就是学不好数学，数学是他最头疼的科目。

锺书去考大学时，我伏在他肩上，他看到我，对自己充满了信心。虽然他数学考得一塌糊涂，但也被清华录取了，我格外高兴。

后来，锺书成了中外闻名的学者，他伏案写作时我便不敢飞进去打搅他，这时他反而会招我进去，跟我分享文学的秘密，从而打开了我生命之中许多扇窗。

顾毓琇诗中写"大树对门飞鸟闲"。我真的很"闲"吗？很多人说锺书寂寞，他真的寂寞吗？不，他们不知道，我每天都在陪伴一个孩子，使这个孩子在精神上不再寂寞。虽然他没有写过任何一篇关于我的文章，但是我相信，他记得我，我记得他。

八、风声雨声读书声——无锡篇

先生说

无锡有个东林书院,那里有一副天下闻名的对联,也可以说是中国最有名的对联,一起读出来:

风声雨声读书声,声声入耳;家事国事天下事,事事关心。

这是明代留下的对联。四百多年来,这副对联一直被人传诵。这副对联挂在东林书院的依庸堂,依庸堂建筑格局与我们所在的怀顾堂非常相似,都是江南园林的风格。怀顾堂廊檐下还挂着一块写着"瑾槐书堂"四个字的匾额。

如果薛福成故居没有"瑾槐书堂"四个字,这"江南第一豪宅"也许就变成了一座空空的房子,一个空空的景点。它建造完成时,从欧洲归来的主人却病故了,薛福成并没有在这里真正生活过。很多年以后,一个跟薛福成有关联的后人,在这里办了一个公益讲堂,讲述中西文化。

薛福成是一个脚踏中西文化的人,既是一个传统的中国读书人——从四书五经里浸泡出来的,同时又是一个洋务派,主张发展工业、发展商业,主张造船、造机器。更重要的是,他是比较早睁眼看世界的中国人。他生命中重要的一段经历，就是到了欧洲，在英国、法国、比利时、意大利四国做过公使，成了中国早期到过西方、具有世界视野的人物之一。这个院子是个中式的大宅院，院子的主人却是一个睁眼看世界的人，他把世界带到这个古老的中国庭院里，这是一种美好的结合。

无锡近代以来出了很多人物，这些人物当中有一个叫钱锺书，人们都说他学贯中西，就是走向世界，把中西学问给打通了。我觉得在"风声雨声读书声"这副对联里，其实已预示了这块土地上的读书人将来会走向世界，因为他们不仅关心书本上的东西，也关心这个国家正在发生的事情，他们随着时代的变化而变化。

无锡这个地方出人才，这个地方的人出去影响中国、影响世界。太湖边的别墅往往是本地人建的，太湖的公园也往往是本地人建的，梅园、蠡园、锦园，乃至更早的寄畅园，都是无锡本地人建的。跟无锡不一样，西湖边的房子往往是外地人建造的，在西湖留下了大名声的往往并不是杭州当地人。白居易、苏东坡、杨万里、张岱不是杭州当地人，杭州是靠着这些外来的人而变得更有影响的。近一百五十年来，杭州本土很少产生重量级的大人物，无论在工商企业界，在学术界，还是在自然科学界。这是一个非常奇怪的现象，值得去研究。

"风声雨声读书声"这副对联把我们带到了明代的东林书院。这一课本来计划在东林书院上，不巧碰上东林书院关门整修，我们只能在薛福成故居的瑾槐书堂来跟无锡对话。

在薛福成故居与无锡对话

从东林书院到瑾槐书堂,四百多年的时光过去了,但是人类对文化的追求,对文明的追求,不会因为时间的改变而改变。虽然瑾槐书堂女主人的分量不能跟东林书院的主事者相比,也比不上无锡历史上的顾宪成、高攀龙这些人,但瑾槐书堂是这个时代重续文化梦、文明梦的一种努力;也许多年后,出来一个影响时代的无锡人,他小时候曾经在瑾槐书堂听过什么讲座,某句话打动了他,激励了他。无锡的历史上,就产生过影响世界的人,今天下午我要跟大家分享的就是那些可以放在历史天平上的无锡人,他们代表着无锡的文化,代表着无锡的精神根脉。如果离开他们,无锡就只剩下一个湖——一个空空的太湖,就只剩下一座座空空的房子,还有那些空空的园林。

离开了人,最好的风景也是空的风景。就像照片当中最美的镜头常常不是空镜头,而是有人的镜头,人把一种超过风景的新元素带到我们的视野中。人类正是靠着一代又一代的努力,才创建起今天的文明,将来的文明也是由今天的人慢慢地创造出来的。东林书院离我们很遥远,那是明朝万历年间重建的一个书院,它的起点在宋代,是宋代一个叫杨时的人建的书院。

我们从东林书院开始回顾无锡历史上的人、无锡的人文资源,这堂课的题目可以叫作"风声雨声读书声——从东林书院到薛福成、钱穆等"。关于东林书院的那副对联,邓拓写过一篇文章《事事关心》:

> 上联的意思是讲书院的环境便于人们专心读书。这十一个字很生动地描写了自然界的风雨声和人们的读书声交织在一起的情景,令人仿佛置身于当年的东林书院中,耳朵里好像真的听见了一片朗诵和讲学的声音,与天籁齐鸣。

这是邓拓对上联的解释。邓拓是什么人?邓拓曾是《人民日报》总编辑,他是杂文家、诗人,也是历史学家,在非常年轻的时候就写了《中国救荒史》,他的杂文集《燕山夜话》非常有名。邓拓来到东林书院是在1960年,当时他还写了一首诗《过东林书院》,我们一起来读:

> 东林讲学继龟山,
> 事事关心天下间。
> 莫谓书生空议论,
> 头颅掷处血斑斑。

"莫谓书生空议论，头颅掷处血斑斑"，这两句是邓拓很有名的诗，非常有力量，讲的是东林党人的往事。"东林讲学继龟山"，这个"龟山"指的就是杨时。杨时，宋代人，号龟山，被称为龟山先生，是那时有名的理学家"二程"——程颐、程颢的学生。东林书院最初是杨时讲学的地方，创建于1111年，距今九百多年了，但在杨时之后东林书院就被废弃了。直到1604年，又有人接续了东林书院的事业，继续这个事业的人叫顾宪成。顾宪成是无锡人，进士出身，在朝廷做的官并不大，被撤职以后回到家乡。他一生最主要的事业恰恰就是重建东林书院，也可以说这是他一生事业的最高峰。他和弟弟顾允成以及朋友高攀龙等人重修了东林书院，开始在这里讲学。

他们制定了《东林会约》，每年举行大会一两次，每月举行小会一次。所谓的大会、小会，就是讲学、会讲。当时的书院分成两种，一种是讲真学问的会讲式书院，另一种是专门应付科举考试的应试书院。

高攀龙也是无锡人，进士出身，在官场浮沉多年。他在东林书院讲学时一再强调："学者要多读书，读书多，心量便广阔，义理便昭明。读书不多，理不透，则心量窒塞矣。"因为提倡求真务实，讲真学问，追求真知，东林书院很快就成了江南的文化中心，顾宪成、高攀龙他们也成了江南文化的重心，符号性的人物，不仅影响江南，也影响全国。

后来，有人上奏指控顾宪成主持的东林书院为"东林党"，说他借着讲学，"号召南北，结党揽权"。有人甚至上奏说："盖今日之争，起于门户；门户之祸，始于东林；东林之名倡于顾宪成……其究将使在朝在野，但知有东林，不知有皇上；但知为东林之党，而不知为皇上之臣子。"从这些攻击的言论，不难看出东林书院当时的影响力。

所谓的东林党人，不过是明朝末年的一批读书人，有不少人都在朝为官。

他们中官最大的已经做到了尚书甚至进了内阁；但都遭受了重大的迫害，有很多人被杀头，有的人被逼自杀，比如高攀龙就是跳水自杀的。东林党人的命运如此惨烈，难怪邓拓说"头颅掷处血斑斑"，指的就是他们以生命捍卫自己的价值观。

薛福成故居的课堂

历史上有很多正面人物，他们的命运是悲剧性的，屈原是这样，岳飞是这样，史可法也是这样；这些悲剧人物身上承载的是一种正气，一种道德的力量。这些人构成了历史，构成了历史的一条脉络。他们本来只是平凡的人，因为各种各样的原因，成了悲剧人物，而被历史记住。

世上有平庸的人，有平凡的人。平庸和平凡有什么区别？

（童子：平庸的人就是普通人，平凡的人不普通。

童子：平凡的人不普通，他们有属于自己的世界；那些不平凡的人，他们的世界大到可以和整个世界相提并论。）

平庸和平凡的区别在追求上，而不是普通和不普通。平庸的人是没有追求的；人可以普通，但是不能平庸。平庸的"庸"字在古汉语里一开始是"底层人"的意思，本来是一种中性的描述，不是一个贬义词，但是用着用着，这个词就变成了贬义词。我们去北京看长城，其中有一段叫居庸关。相传就是把那些底层的、镇守关隘的士兵迁到那里居住，所以叫"居庸"。"平庸"这个词慢慢地演变成了没出息的意思，但"平凡"这个词里包含了一种普通而又美好的期待。既然是普通的，为什么会有美好？因为其中包含自己的追求。这两个词需要细细辨析才能区分，你们的一生其实就是要去做这样的辨析，包括在一些很相似的词之间做辨析。人一生做的主要工作就是辨析，词的辨析、物的辨析、人的辨析，这种辨析工作就是学习的过程。生命是一个过程，学习也是一个过程，很难用一种准确的语言把它们给区分开来。当你有能力做区分，能把世界上的词、物、人加以清晰地区分，你就进入了一个更高的境界。

回到东林书院这副对联，下联是什么意思？我们继续来读邓拓的《事事关心》：

下联的意思是讲在书院中读书的人都要关心政治。这十一个字充分地表明了当时的东林党人在政治上的抱负。他们主张不能只关心自己的家事，还要关心国家的大事和全世界的事情。那个时候的人已经知道天下不只是一个中国，还有许多别的国家。所以，他们把天下事与国事并提，可见这是指的世界大事，而不限于本国的事情了。

这是邓拓的解释，我不太同意他的说法。我分两层来说。刚才我讲过我们一生要做的事情就是辨析，辨析这些词的不同。家事、国事、天下事，这三层的大小是递进式的，家事最小，国事第二层，天下事是第三层。邓拓想解释这三层到底是什么意思，国事比较容易理解，是一国的事，但是他在解释"天下事"的时候出了一些问题。任何一个人，包括很有名的人，他说的话并不一定都是对的，没有一个人说的话全是对的，人类是在不断地试错当中前进的。邓拓说，那个时候的人已经知道天下不只是一个中国，还有许多别的国家。在明代末年，确实有西方的传教士像利玛窦，他们已经画出了世界地图，让一小部分中国人知道世界上除了中国还有其他的国家，顾宪成、高攀龙，以及东林书院的其他发起人，他们有可能听说了中国之外还有其他国家。但是这里说的"天下事"很显然不是指中国以外的世界大事，这里的"天下事"是指超越国家层面的那些事，要比国家的事更大，是中国特殊的说法。中国的经典《易经》里面很多的词都特别深奥，但是有一个词特别简单，叫"天下文明"。中国的文明被叫作"天下文明"，自古以来中国人就有一种天下意识；到了明代，"天下"往往是从文化的意义上来理解的，是超越一个朝代的意思。明末的顾炎武在《日知录》中说："有亡国，有亡天下。""亡国"与"亡天下"有什么不同？他的回答是："易姓改号，谓之亡国；仁义充塞，而至于率兽食人，人将相食，谓之亡天下。"顾宪成他们对国事、天下事的理解，与顾炎武是一致的。国事就是明朝的事，天下事则是超越大明王朝的那些事；说的是即便明朝亡了，天下还在，这是从文明、文化的意义上说的。

明朝江苏江阴有一个人叫徐霞客，他是那个时代见过中国山山水水最多的人，我们称他为旅行家。他留下了一部传世经典《徐霞客游记》。徐霞客最后一次游雁荡山是1632年，1641年他在故乡去世，不足三年（1644年）大明王朝就灭亡了。台湾诗人余光中第一次到雁荡山，看见了徐霞客的雕塑，他感叹了一句，"但是明朝失去的江山却保存在他的游记里，那么壮丽动人，依然是永恒的华山夏水"。这句话写得真好。华夏山水不会因为崇祯皇帝吊死就消失了。朝代可以灭亡，但天下还在。那副对联前面说的"国事"是跟朝代相关的，后面的"天下事"是超越朝代的。秦汉、三国、两晋、南北朝、隋唐、五代十国、宋元、明清，可以一代一代地更迭，但天下从来没有变过。天下是由什么构成的呢？万里江山、太湖、西湖、黄山、华山……这些看得见的山川河流，还有历代的人物，从孔子、老子到李白、杜甫、苏东坡，再到顾宪成、高攀龙、徐霞客，还有他们留下的那些著作，他们的文章诗篇……你们还记得梁启超写给他儿子们的信吗？他说儿子们有本事，他宁愿他们成为李白、杜甫，不要成为姚崇、宋璟。姚崇、宋璟是什么人？开元盛世时的两位宰相，他们辅佐唐玄宗创造了中国历史上一个富强的黄金时代。开元盛世没有长久，"渔阳鼙鼓动地来"，很快就被安史之乱打破。李白、杜甫不过是诗人，但他们的诗篇千年甚至万年都不会磨灭。这也是"国事"与"天下事"的区别。姚崇、宋璟关心的是国事，李白、杜甫描述的是天下事。国事是一时的，是当下的；天下事是长远的，是更广阔意义上的。

邓拓在文章中说，东林党人不仅爱读书——"风声雨声读书声，声声入耳"，而且关心家事国事天下事。他解释说"这十一个字充分地表明了当时的东林党人在政治上的抱负"。因为"政治"这个词出来了，我顺便解释一下"政治"的意思。人们常常误解政治只是跟权力有关、跟做官有关，政治并不只跟权力、做官有关。邓拓这里所讲的政治是一个广义的政治，不是一个狭义的政治。政治可以分两层。你是个学生，你不从事政治；她是个家庭主妇，她不从事政治；他是一个教师，他不从事政治：这里说的政治是狭义的政治，是跟行政事务有关的。而广义的政治是超越这一切的，是跟每一个人的生活直接有关系的，也是每一个人都要关心的，它关乎一个人的切身利益、身家性命。

这副对联讲清楚了，我们再来看邓拓在这篇文章中讲到的以顾宪成、高攀龙为代表的东林党人。四百多年后看，他们并不是那么高明。每一代人有每一代人的局限，他们那个时代说出来的话，放在今天来看，有的可能显得落伍、过时，比如他们用君子和小人去区分政治上的两派，一派是君子，一派是小人。我们小时候看戏，舞台上出来一个角色，就问大人，这是忠臣还是奸臣；看电影，银幕上出来一个人，也要去问这是好人还是坏人。那只是黑白二元对立的简单区分，不知道还有第三种灰色地带的人，世界上大部分人恰恰都处于中间状态，既不是黑的也不是白的。何况人性本身极为复杂，一个人身上有美好的品质，也有不为人所知的阴暗面。过去这种话语体系显然太简单化了。邓拓的文章是1960年写的，六十年过去了，他那套话语也显得不够了。时代在变化，一个人如果跟不上这变化的节奏，总停留在遥远的过去，那么他的知识、他的装备、他的资源、他的积累就不够用，他就没有办法面对这个变化的世界。邓拓如此，顾宪成、高攀龙他们也如此。

我们再来看当代学者刘志琴是怎样评价他们的，也是先从这副对联说起：

从晚明以来，不胫而走，传遍大江南北，更因东林的旷世奇冤成为千古绝唱。这副楹联数百年来脍炙人口，对后人具有极大的感召力。因为这不仅是东林党一代人的心声，也是几千年来士大夫、知识分子所追求的道义和良知。它所体现的"东林精神"不仅是无锡的，也是全国的；不仅是晚明的，也是整个中国历史的。

紧接着一个转折，"然而，面对他们的遭遇，又不免发出历史的感叹"。大家继续往下读：

东林党这一批人是道德理想主义的殉道者，他们身体力行，鞠躬尽瘁，为晚明王朝的整体利益献身亡命，蒙冤受屈，然而他们又停留在理想化的境界，在实践中表现为无能又无奈，软弱、退缩、麻木不仁，直至遭受灭顶之灾。

他们在不当权的时候，訾议国政，抨击当局，赢得抱道忤时者的追随和民众的拥护。天启年间命运出现了转机，从在野的清流，一变而为主持朝政的主要力量，首辅刘一燝、叶向高，吏部尚书赵南星、礼部尚书孙慎行、兵部尚书熊廷弼，都是东林党人或东林的支持者。

现在批评东林党人，甚至骂东林党人的声音还很多。可以说，对东林党的评价出现了不同的声音，并不是一味地正面肯定，这是变化。事实是他们做得也并不是那么好。回过头来看，历史上的人都有他的弱点，有他的不足。

我们从晚明走到晚清,薛家花园的主人薛福成,他是1838年出生的,出生在鸦片战争前夕。他的父亲有科举功名,中过进士,做过地方官,但是他在科举路上走得不顺,中了秀才后没有走到举人这条路,他后来是从幕僚的路上起家的。他跟随过两个人,第一个是曾国藩,第二个是李鸿章。曾国藩和李鸿章是晚清的两位重臣,他跟随他们将近二十年,是在曾国藩和李鸿章的幕府里成长起来的。幕府是一个人才成长的地方,过去一个重臣手下可以有一大批的能人志士,这些人的薪金由官员自己发,朝廷没有给这笔钱,而官员必须要有这么一批人给他出谋划策,办各种各样的事情。曾国藩的幕府尤其人才济济。我们在荡口看过数学家华蘅芳的故居,他也曾在曾国藩的幕府做事。当时很多人才都出自曾国藩的幕府。薛福成给曾国藩写万言书,提出自己的各种国事建议,被曾国藩看中,在曾国藩幕府做了很久,很有贡献,但只有一个五品头衔,而且是个空衔。曾国藩死后,他就没办法往上升迁了。等到朝廷开始向民间征集治国良策,他就写了一个比过去给曾国藩的万言书更重要的折子,通过山东巡抚递到了慈禧太后那里,被看中了,传阅全国,一下子就成了名。李鸿章请他入幕府,他在李鸿章府上待了整整十年;终于有机会出去做官了,他做过宁波、台州、绍兴的道台,这是他第一次真正有机会去治理一个地方。升任湖南按察使后,他有了个出使欧洲的机会,这已经是1890年了,他成了出使英、法、意、比的大臣。他在甲午战争之前到了西方,并写了一部《出使四国日记》,《走向世界丛书》收入了这部日记,可以说这代表了他睁眼看世界的成果,里面有很多的见解,代表了那个时代的中国人对世界真实的、可靠的认识。那个时代绝大多数中国人对外国的认知几乎是一片空白,他留下的著作极为宝贵。我们说他脚踏中西文化，即一只脚踩在中国，一只脚踩在西方。他那个时候使用的是文言文，他认为应该变古以就今，"华夷隔绝之天下，一变为中外联属之天下"。他提出"西人之谋富强者以工商为先"，中国要富强也要发展工商。在1890年到1894年，说得出这些话的中国人，就是那个时代先进的中国人。他在欧洲的所见所闻凝成的这部日记，放在中国近代史上是一部有分量的日记。

但是一个人的主张也需要有人去践行。人们称薛福成是洋务派思想家，因他出使欧洲，又称他为外交家。他在1894年就去世了。他去世的时候，在他的故乡有两个年轻人——荣宗敬和荣德生，他们当时二十岁左右。也就是说，当无锡人薛福成带着他以工商为先来谋中国之富强等主张离世的时候，无锡的荣氏兄弟成长起来了。这两个人放在我们中国过去的历史脉络里，似乎是不能成大事的人，为什么？因为他们没念过多少年书，大概就读过五六年的私塾。但他们赶上了李鸿章所说的"三千年未有之变局"，薛福成去世之后，中国与世隔绝的环境已变为中外联通的环境，这两个年轻人赶上了千载难逢的机会——不是百年难逢，而是千载难逢。在他们之前这样的机会从来没有降临过，他们可以去尝试、实践薛福成所提出的以工商为先来谋中国的富强。这两个无锡人抓住了这个千年不遇的机会，开始创立企业，在无锡办面粉厂。从1900年开始，从面粉厂、纺织厂，一路办下去，成了一个庞大的企业王国。荣氏企业的帝国是在无锡开始的，他们的主要企业在上海、汉口、济南等地也有。这两个无锡人的出现，在某种意义上改变了无锡在中国的地位。日本的小学教科书都有一篇课文介绍荣宗敬，他有一个绰号叫"无锡拿破仑"，就是大刀阔斧、一往无前，决心要办出一个企业帝国的人。他身上充满了勇气和力量，中国企业史上很少有人可以跟他相提并论。荣家两兄弟，哥哥是创业者，弟弟是守成者，两兄弟相辅相成。荣氏企业在纺织领域有九个，从申新一厂到九厂，横跨上海、无锡、武汉；他们的面粉企业有十二个，从无锡、济南、上海到武汉；还有其他的附属企业，分布在上海、无锡和武汉等地。荣氏两兄弟分别生于1873年和1875年，是薛福成之后的企业英雄。如果他们光是赚了大钱成了富豪，他们在历史上可以忽略不计。重要的是两兄弟是有理想的，他们有了钱以后最想做的事情就是办学校，他们办了一系列的学校。他们在无锡从小学开始，办了八所小学，办了一所公益工商中学，还在梅园里面办过一所高中，叫豁然洞读书处，荣毅仁就是从那里毕业，然后去圣约翰大学的。荣德生最大的理想是办一所大学，最终办了一所江南大学。这所大学早已消失，跟今天的江南大学没有关系。他们还办过一个大公图书馆。

荣家除了办教育，公益事业还包括建造了两个公园——梅园和锦园，还开了公路，开了公共汽车公司。荣德生还有一个梦想，要在大无锡（包括常州、宜兴）一带建一千座桥——"千桥会"，最后修成了几百座，其中最大的那座桥就是曾号称"江南第一大桥"的宝界桥。这是荣家留给无锡、留给中国的贡献，从教育到公益，而不仅仅是财富；光是财富的话，荣家恐怕会被后人遗忘了。

从年龄上说，钱穆比荣氏两兄弟小了二十来岁。我们到荡口的钱穆旧居看过。从很多方面来说，钱穆似乎都不可能成为中国的顶尖学者：第一他学历太低，大学都没有念过；第二他家境贫寒，没有机会专门去做学问。但他做成了大学问，成了一代大学者。这可以给很多贫寒子弟以激励，给很多没有机会上北大、清华的人以激励，他的学问胜过许许多多他同时代毕业于名校的学生，他后来的影响力也超过了许多毕业于名校的学生。他的身上充满了道德的热情、做学问的勇气，他参与创办的新亚书院是香港中文大学重要的前身之一。他留下的《钱穆全集》，一千多万字的著作，现在仍受到广泛的关注。正如他在新亚书院校歌中写的："五千载今来古往，一片光明。五万万神明子孙，东海西海南海北海有圣人。"他将自己放进了这个古往今来的神圣序列当中，靠的就是读书，在中国历史和文化上用功，一辈子这样用功。对于这位江南读书人，有人说他靠的是与生俱来的平实，成就了这番学业。"平实是一种分寸，也是一种境界。"随着时间推移，他越来越被后来者看重。

可以说，东林精神是无锡人缔造的农耕文明时代的精神，创办实业的精神是无锡人荣氏兄弟在晚清民国时候缔造的，新亚精神是无锡人钱穆在香港给未来的香港中文大学奠定的重要根基，他们的影响涉及政治、学术、教育、工商业，无锡这个地方因为这些人而变得有重量。他们生在无锡，一定跟太湖边这一方水土有某种关联。

还有一个人，他于1902年生在无锡这块土地上。他就是顾毓琇，他是一位世界公认的在人文和科学领域都取得了成就的人物，既是电机领域的权威，也是教育专家，还是现代文坛的元老、话剧的先驱，又是古乐的泰斗，一生中横跨的领域如此广泛，每一样都不是蜻蜓点水，真是罕见。

最后我们讲一下1910年出生的无锡人钱锺书，我总觉得他留给后世最重要的并不是一部小说《围城》，也不是一部学术笔记《管锥编》，而是他贯通中西、走向世界的那种方向、思路。他是清华大学训练出来的，也是牛津大学留学回来的，家学渊源，深通中国经典，同时又博通西方各种典籍，尤其在人文领域有很深的造诣。对于他，也有许多的争议，因为他是一个极为聪明的人。"极为聪明的人"在中国往往不是褒奖，在许多人看来，他太聪明了，非常善于保护自己。我们翻到他写的《走向世界》的序，一起来读：

《走向世界》序（节选）
钱锺书

"走向世界"？那还用说！难道能够不"走向"它而走出它吗？哪怕你不情不愿，两脚仿佛拖着铁镣和铁球，你只好走向这世界，因为你绝没有办法走出这世界，即使两脚生了翅膀。人走到哪里，哪里就是世界，就成为人的世界。

中国"走向世界"，也可以说是"世界走向中国"。咱们开门走出去，正由于外面有人推门，敲门，撞门，甚至破门跳窗进来。"闭关自守"、"门户开放"那种简洁利落的公式套语很便于记忆，作为标题或标语，又凑手，又容易上口。但是，历史过程似乎不为历史编写者的方便着想，不肯直截了当地、按部就班地推进。在我们日常生活里，有时大开着门和窗，有时只开了或半开了窗，却关上门，有时门和窗都紧闭，只留下门窗缝和钥匙孔透些儿气。门窗洞开，难保屋子里的老弱不伤风着凉；门窗牢闭，又防屋子里人多，会闷气窒息；门窗半开半掩，只怕在效果上反而像男女搞对象的半推半就。谈论历史过程，是否可以打这种庸俗粗浅的比方，我不知道。

我们借"走向世界"这个说法来贯穿今天下午这节课。东林书院的那副对联上联是"风声雨声读书声，声声入耳"，下联是"家事国事天下事，事事关心"，这里面有"世界"这个词吗？没有，但是邓拓在解释的时候把"天下"解释成了"世界"。我不同意他的解释，那个时候所讲的天下并不是现在所说的世界各国。在东林书院时代，顾宪成、高攀龙他们的理想中，应该还没有"走向世界"。但是，从生于1838年的薛福成开始，在无锡这块土地上出生的一代又一代的人，薛福成、荣氏兄弟、钱穆、顾毓琇、钱锺书等，虽然他们的领域各不相同，有人做外交，有人做实业，有人做学问，有人做教育，但是有一条线可以将他们串在一起，就是"走向世界"。薛福成走向世界，他不仅双脚到了欧洲四国，关键是他的脑子、他的思想到了世界；荣氏兄弟是土生土长的无锡人，读书不多，他们虽然没有走到世界，但是他们创办新式的企业，办面粉厂、办纺织厂，他们在实践上走向了世界，他们的产品走向了世界。走向世界有很多方式。钱穆早年也没有到过国外，完全是在无锡这一带成长起来的，他在1949年以前一直生活在中国内地，但是他的胸怀是走向世界的。顾毓琇、钱锺书都曾留学西方，他们是双脚进入过世界、思想也走向世界的人。走向世界，是近代以来一代一代人所走的路，也是今天和将来的我们必走的路。但是走向世界并不意味着可以把母语学得一塌糊涂，字写得潦草难看；走向世界并不表明可以把中国的经典忽略，变成一个空心的中国人。空心的中国人是什么意思？长着一张中国脸，心里面空空的，没有中国元素，讲不出跟中国文化、跟中国历史有关联性的东西。我觉得一个现代的中国人应该既能脚踏在中国文化深厚的土地上，又能眼睛看见世界的辽阔，像我们今天所说的——薛福成、荣氏兄弟、钱穆、顾毓琇、钱锺书这样的人，他们都是走向世界的人，我盼望你们都能成为走向世界的人，同时又是有中国根基的人。走向世界不表明没有中国根基，没有中国根基，你走向世界也是一个空心人，要以一个实心的中国人的心态走向世界。你们的身上既要有中国元素，也要有世界元素，它们是融在一起的，要像这些过去的无锡人一样。

在薛福成故居内的瑾槐书堂

我们要感谢瑾槐书堂的主人陈彤老师，是她让我们拥有了这个美好的下午。

童子习作

天下兴亡

付润石

一面面白墙、一排排黑瓦，碧色的水波微漾着，穿过淡灰的小桥，脚踏的青砖还是当年的青砖，精美的梁柱还是当年的梁柱。

岁月的气息萦绕在厅堂之间。

1111年，杨时踏过这里，创立了东林书院；1604年，顾宪成重建东林书院。面对种种的压迫、不断的攻击，他不低头。这是君子的反抗，看似如飞蛾扑火，实则包含着一种东林精神，即"天下兴亡，匹夫有责"的信念。东林党人唱出了最后的绝唱："家事国事天下事，事事关心"。

东林已绝，但其风犹存，也许是换了方式。从东林书院到新亚书院，从古代到现代，钱穆抱着对历史的温情和敬意，推开那扇几千年的旧门，迎来了崭新的世界。

薛福成、荣氏兄弟、钱穆、钱锺书……一代一代人努力着，旧世界渐渐变成了新世界。钱穆的《国史大纲》、钱锺书的《围城》，和梅园里的梅花一样暗香依旧。

读书声

罗程梦婕

"臣亮言：先帝创业未半，而中道崩殂。今天下三分，益州疲敝，此诚危急存亡之秋也……"室内传出琅琅读书声。窗外，一朵朵红杜鹃竞相开放，比比谁更美。湖面倒映出花的影子。一圈圈波纹泛起，带我们穿越时空。

"蒹葭苍苍，白露为霜。所谓伊人，在水一方……"这是从一间教室中传出的。一阵阵朗读声，融合成一句句古诗词；一阵阵背诵声，拼凑出一篇篇精美的古文。

"今日当作文。但天雨，未能出门。令诸生排坐楼上廊下看雨……"这是钱穆先生当小学老师时留下来的文字。沙沙的雨声与老师的教导声融在一起，一句句谆谆教导与一个个发问，汇成一股暖流……

"今当远离，临表涕零，不知所言。"一睁眼，忽然发现已经把《前出师表》读完了。然而，那只是一个梦，梦中的故事……

用　心
陈胤涵

一个人要走向世界，只是走遍整个地球吗？

如果薛福成的脚到了世界各地，却贸然地把心忘记了，那他究竟有没有走向世界呢？

虽然薛福成的脚到不了世界各地，但如果他用心阅览西方历史、文学，这也算走向世界了吧？

"用心"是一个词语，意义深奥的一个词语，在它身上多下功夫，也许能悟到很多智慧。

不能做一个空心的中国人
曲木子

薛福成的心走向了世界。他主张学习西方，但是他的心还是中国心，他不忘中国文化。

钱锺书虽然留学英国、法国，但是他的心还是中国心，他没有忘掉中国文化。

　　薛福成的宅子，很美。一草一木都绿油油的、水灵灵的。水中，鱼儿们在嬉戏。但是如果没有人，它就只是一座没有灵魂的宅子。

　　我们也一样，不能到了国外留学，就忘了中国文化，忘了中国。

东　林

张雨涵

忆从前，
一个无锡人落寞的背影，
因为耿直，
被迫离开了官场，
几年后，
一个站在东林讲台上的身影，
一个党派的崛起，
一群人的努力。

从台前到幕后，
他的时代，
才刚刚开始，
无锡的东林书院

"风声雨声读书声",

从窗外传来,

"家事国事天下事",

不过是自己的事。

逝去的岁月,

君子与小人的斗争,

一切的党争,

无数人的逝去,

归来却仍是,

永恒的东林。

瑾槐书堂

范采奕

"走向世界"？那还用说！难道能够不"走向"它而走出它吗？薛福成走向了世界。

薛福成在自己的人生当中，创造了一个属于自己的世界。他的灵魂在空中飘荡，他看到在他的老宅里有一个瑾槐书堂，他听到了童子们的读书声，他心里的世界从水墨色变成了彩色。

"世界"走向中国，中国走向"世界"，历史的背影不断地涌现在历史的画面上。

世界，是多面的，我们要探索多面的世界。

童子习作

（少年无锡行总结篇）

乘风逐浪

金恬欣

太湖。五月的微风，将水波惊扰。在我平静的思绪中，激起一片浪花。

水中似有倒影——一个姑娘静静地洗着衣，她的身后站着一个人，那人凝神注视着浪花。

这浪花承载着多少辛酸，才会千万年不停息啊？

水波中仿佛掠过一阵读书声，风声雨声读书声从未随岁月逝去。东林书院的讲学声，是东林党人的情怀。从东林书院到瑾槐书堂，人们的思想都融进了太湖的浪中。

几百年后，薛福成仍在读书，但他读的书不一样了。江南的园林再大，也围不住他追梦的心——他去过许多中国人不曾到过的地方，他开始走向世界。

太湖的水中，还有远远传来的音乐声。月影下，少年用心演奏属于他的乐曲，时而低回时而高亢的二胡声是那么沧桑。他看尽人世百态，他的乐曲与惠山寺的钟声交汇在一起，似悲似喜。

水边的映山红是春日最明媚的色彩，它能与冬梅争艳。空空的梅园里，仿佛还有那个穿中式长褂的身影。荣德生一生办了很多学校，这些学校就如土壤中生长的梅花，映出了无数学子，也映出了荣德生的实业精神。

潺潺水声，与古镇里的笑声相呼应。这些笑声中，是否有钱穆的笑声？那个最最平凡的人，用他的汗水浇灌他的学问。无数夜晚的挑灯苦读，铸就了一位文人学者，也成就了他的育人精神。

如果把钱锺书比作海，那顾毓琇便是天。虽然海大不过天，但海比天空要低沉。他们走的路不同，但殊途同归。在那水天相接的地方，你会发现，他们的思想其实是一样的。

一代代的无锡人，其实没有什么不同。他们逐浪，逐梦，共同走向世界——他们都是追梦人。

苏绣·无锡
罗程梦婕

"沙沙！沙沙！沙沙……"她在做什么？穿针又引线，上缝又下缝。呀！这不是苏绣吗？

我朝着第一幅苏绣走去，映入眼帘的是一幅美丽的风景画：远处，一个亭子；近处，几朵大大的映山红，衬得亭子与众不同；中间，一大片湖水，水波在荡漾，映出亭子的影子……

第二幅苏绣，绣出了美丽的梅园。一条小径通往"香海"，旁边是绿油油的梅树，一颗颗梅子藏在叶间，等着被寻觅。天空中悠悠的白云与宁静的梅园遥相呼应。

第三幅苏绣是寄畅园。近处的大树，远处的高塔，中间的知鱼槛，都非常生动清晰。知鱼槛中的鱼，时而跃起，时而吐泡，时而潜入水底……让人联想到庄子的"子非鱼，安知鱼之乐？"。水波荡漾，知鱼槛的倒影在水中忽隐忽现……

一幅幅苏绣映入眼帘，让人目不暇接。我不禁感叹道："苏绣绣出了美丽的无锡！"

无　锡
解芷淇

一、湖

"太湖美……"，听着优美的评弹我想起了"大一点"的太湖。一望无际的太湖，岸边一尊大大的佛像，佛像头顶上有个大大的肉髻。

太湖还有一个小弟弟，名叫蠡湖。从湖面大小看，蠡湖确实是小弟弟；但论名气，蠡湖也算得上大哥哥哟！范蠡带着西施畅游蠡湖。蠡湖还有多种形态各异的假山，比太湖美多了！

二、园

犹记得梅园中那几栋"大别墅"，走进去有一种庄严感。屋前让我记忆最深刻的就是蚊子，蚊子，大蚊子！屋后的台阶下有一个奇怪的黑漆漆的洞，我们壮着胆，钻进去，摸索着向前走，好不容易走了出来，发现自己已经站在山上。

惠山有个寄畅园，还有天下第二泉。泉有两个，一圆一方，圆泉中有大量的钱币，也许这钱币是人们对阿炳的怀念！阿炳虽然是盲人，但他的《二泉映月》打动了许多人的心。

三、故（旧）居

钱穆旧居，虽然简陋，生活在里面的人，却如此伟大。

钱锺书故居，很宽敞，生活在里面的人，很寂寞。

薛福成故居，虽然奢华，本人却从未在里面生活过。

无锡之美
查雯茜

我是一株四叶草。

很不幸，我被一双手摘下，拎着把玩。

但我又是幸运的。跟着她，我看见无锡很多风景。

我到了太湖。我看见了叶圣陶所说的像淡墨画出来的山，看见了渔翁一网打尽湖上的风光。

我参观了梅园。看见了那一颗颗饱满的梅子，想象着花开时的美丽和荣德生低首拜梅的身影。

不过我觉得，无锡最美的，不是它的风景，而是人。

我去了一个名叫荡口的小镇，认识了一个身材瘦小，但口若悬河的老师——钱穆。他小时候经常在后院假山上看书，天色暗了就爬到屋顶上看。

我看见了天下第二泉，看见了盲人阿炳站在泉边，拉着二胡，演奏着他心中的《二泉映月》。

我知道了俯瞰人间的寂寞才子钱锺书和文理兼通的全才顾毓琇。

虽然我已经变得干枯，但我觉得值。

再见了，无锡
林家璐

无锡，我来了

太湖，烟波浩渺

蠡湖，烟雨迷蒙

当年的扁舟飘飘

橹声渺渺

早已从历史的后门失踪

只有蠡湖

留了下来

"珍重珍重，这是我新亚精神"

钱穆

他的影响能与鲁迅、胡适媲美

影响的不只是学生，还有大众

传递的不只是习作，还有新亚

新亚精神

风声雨声读书声
莫谓书生空议论
头颅掷处血斑斑
万顷烟波宜水月
一生知己是梅花
民族实业家荣德生
他的事业
是伟大的
商人
很少被说"伟大"
除了他

而天下第二泉
则是一曲二胡
拉出了人间
谱出了阿炳的心

钱锺书是个神话
学贯中西
寂寞、孤傲
顾毓琇不同

对什么都有热情

是少见的全才

当然，他们两个的背后

都有不为人知的努力

最后一场《岳飞》结束了

最后一次对话演完了

转瞬间，四天过去

踏上了归途

江南园林

明看苏州

清看扬州

民国看无锡

无锡，再见了！

无锡花语

陈胤涵

九里香

太湖鼋园沉浸在花香之中，

处处皆可见到我。

我看着黄蓉郭靖游太湖，

我随着范蠡西施隐居于蠡园。

酢浆草

我很不起眼,
也许连钱穆都不知道,
在他家的小院子
有这样的小野花。
但我一直都看着他,
与他一起努力。

木绣球

我来到惠山,
并在这里扎下根。
看着秦金建造寄畅园颐养天年,
听着阿炳演奏那苍凉的《二泉映月》。

梅　花

我是梅园里的一朵梅花,
在荣德生先生种下的第一株梅树上绽放。
我看着他种下另外两千九百九十九株梅树,
我看着他亲手为梅园题字。
今日我看到一位大先生带着一群童子,
在我面前读着"一生低首拜梅花"。

无锡之美
范采奕

太湖是无锡的湖,成仿吾游太湖时想起了歌德写的《湖上》。到了蠡湖,就会想起范蠡和西施在五里湖上泛舟。两个都是湖,但有所不同。

"咚、咚、咚",钟声在惠泉山响起。这钟声让人想起阿炳《二泉映月》的伤感与悲凉,让人想起天下第二泉的清澈与甘美。秦观后人的院子里,那座假山就像秦观的背影。

无锡名人辈出,杰出的有一代国学大师钱穆。说起钱穆,不得不说新亚书院,新亚书院里传来一阵阵咏唱校歌的声音:"山岩岩,海深深,地博厚……"

"万顷烟波宜水月,一生知己是梅花",这副对联挂在梅园。园中一块巨石上刻着"梅园"二字,大家都称荣德生是"梅园孔圣人"。登上梅园顶端,能看到整个太湖的美景。白色的太湖,安静得像一个熟睡的少女,悄无声息,这无声无息中透着诗样的柔和的美,湖上蒙着一层轻纱似的水汽。

依依不舍地离别太湖,飞向那理想的世界。

"醉"美无锡
沈聿锴

四天游学,我沉醉于无锡的美。

每天听傅老师讲课，我感受到了他平凡的话语中蕴含的超凡脱俗的美。此时，仿佛饮用了一杯美酒，我的思绪飘到了很远、很远……

当年，范蠡辅佐越王灭了吴国，后与西施乘一叶扁舟，随风而去，消失在水天相接之处。

借着"酒"劲儿，呼吸闭眼间，我仿佛又看见岳母在岳飞背上刺下"精忠报国"四个字，岳飞誓死不屈的模样、面对死亡面不改色的模样，在我眼前晃过。同样是喝酒，岳飞喝的那杯可是毒酒啊！

又一呼吸闭眼间，耳边传来了二胡声。演奏者不是阿炳吗？这二胡声多么沧桑、多么哀怨，但又不失希望。这不正是阿炳用心感受的那个世界吗？

昏昏然间，突然有一束光，那光是钱锺书的窗里透出来的吗？窗外是个什么样的世界，外面的世界是否精彩？窗只是一个引子，推开门，走出去，迎进来才有"大同"吧？

酒不醉人人自醉，不知不觉，我已醉倒在无锡历史长河中。

网中物
王晟睿

雨落太湖边，然而并不大。雨中，一个渔夫，戴斗笠，披蓑衣，慢慢走到湖边，弯腰，撒网，然后坐在石头上，抽烟，陷入遐想。

四周忽然响起悲怆的二胡声。不错，正是《二泉映月》。阿炳虽双目失明，但创作了不朽的乐曲。这声音如冷雨一般凄凉，洗涤着渔夫的心灵；他两眼"紧盯"着渔网，乐曲声浸透了他。

　　一艘木船行驶在荡口的小河上，桨声中混合着果育小学传出的读书声。此时新亚书院的校歌"人之尊，心之灵，广大出胸襟……"，已被人们传唱。渔夫的双眼依然"盯着"渔网。

　　钱锺书的小院，朴素而寂寞，就像钱锺书自己一样。但今天小院中来了一位先生与一群童子，寂寞的庭院中传出了读书声。渔夫脸上露出一丝笑容，好似在为钱先生感到高兴，可他两眼还是"盯着"渔网。

　　梅园中的读书处映在网中，烟幕中的梅园空无一花，只有青涩的果子。梅花的知己荣德生早已不在，那些梅树代表了他的存在。

　　渔夫在网中到底看见了什么？是一段回忆。阿炳、钱锺书、钱穆……他们早已不知去向，但他们留下的精神不朽；烟雨浩渺，一切都在网中呈现。

　　雨渐停，渔夫起身收网，网中是满满的精神遗产。他眼前的一切如淡色的水墨画一般，朦朦胧胧。

梅园会

陈禹含

　　人物：钱穆、钱锺书、顾毓琇、荣德生等人

地点：无锡梅园

荣德生：大家一路辛苦了！今日请大家来，是我有一个问题想请教。

钱穆：我们都是兄弟，你有什么话直说吧！

荣德生：什么是真正的真善美？

（沉默。大家沉思片刻，钱锺书起立）

钱锺书：真，岂不就是我家院里的那棵小绿竹，青的叶，绿的枝，投下一片浓荫，一片片竹叶中有我的思考。我还记得幼年时发生的事，每日早晨，我的伯父都要带着我吃一个饼，看一会儿书。我一生都爱书，爱求真，感激我的伯父！

荣德生：嗯！那么真也拥有想象力了。

顾毓琇：善，就像我家门口的一池水，我常常去那里沉思："弄电不辍手，行云本无踪。"我在科学领域的耕耘，是为了人类生活得更好。那一池水中岂不也含着善吗？

荣德生：对呀！

钱穆：美在梅园，美也在太湖。阳光铺洒在太湖上，太湖像山水画一般展在我们面前！

荣德生：说得好，那么能为我们分享一下您的故事吗？

钱穆：好！我幼年时好读书，夜晚有时还爬到屋顶上看《三国演义》。成年后我曾教过一批学生，问今日是何雨，学生们说黄梅雨。我又问黄梅雨与其他雨有何区别，我让学生先讨论，然后作文。

（突然梅树出）

梅：我觉得真善美并不复杂——真，不就是把我种下去吗？善——我用梅子让人类饱食！美——不就是那梅花吗？

（众人皆惊，退场）

相　　约

陈姝含

留给太湖的信

太湖：

　　人生中第一次见到你，其实我是很失望的，因为这里到处都是人为的风景。但我并未因此讨厌你，我还是喜欢你的，喜欢你身上的杂草，那是纯天然的风景。你别看它们有点乱，可它们乱得好看，乱得可爱。虽然它们不像名家的文章中写的那样，但它们也是属于大自然的。太湖，今年是2019年，我跟你相约十年后再见，到那时希望你能变得更自然。

写给梅园的信

亲爱的梅园：

　　前几天到你那里玩赏，在去豁然洞读书处的路上不小心摔了一跤，这一跤摔得可真严重！连牙都摔掉了。不过我并不怪你，正因如此我才懂得了生命的脆弱，知道了失败的滋味，还有梅的力量。

　　何为"梅的力量"？就是不因失败而退缩，依然开放的那种力量，还有关爱的力量。

梅啊，我问你，以前荣家是否也被这强大的力量吸引呢？

好了，时候不早了，梅园啊，我与你约定，十年之后我仍会从你门口的风铃开始，再次来体会梅的力量。

给钱穆、钱锺书、顾毓琇的留言

飞鸟（我）：钱穆先生，我是一只飞鸟，也是您以前教过的一位女学生的朋友。她说您教学有方，她们特别喜欢上您的写作课。你说作文就如说话，得有曲折，还得简洁。我非常敬重您，您对中国文化的贡献是不可估量的。

钱锺书先生，希望您还记得我。没错，我就是您儿时一直陪伴在您身边的飞鸟。我这次给您留言是为了感谢。我要感谢您，感谢您打开那扇窗，跟我分享了许多文学的秘密。

顾毓琇先生，您曾说我是一只闲鸟，当然事实证明我并不闲。现在，我要从您家门口的大树上搬走了，我和您及其他两位先生相约，十年后再来无锡与你们碰面。

给瑾槐书堂的话

瑾槐书堂，虽不是东林书院，却也给我留下了很深的印象。这里流淌着薛家的血液，有子女对母亲深深的怀恋；有风声有雨声，还有童子的读书声；有花开花落的声音，有风穿过树叶的沙沙声，有月亮升起的声音，还有孩子们翻书、行人踩在石板上、沉重的木门开关的声音。这些可以组成瑾槐之歌。

十年之约，我不仅仅与你们相约，我还要跟无锡的一切相约。离开无锡时，与其不舍，不如相约。

2019 年 5 月 8 日

网

徐朵露

有的城，因为风光秀丽，吸引文人墨客吟诗作赋，人们通过优美的诗句认识这座城；有的城，因为孕育了许多名人大家，吸引人们来认识这座城。我认为，杭州属于前者，无锡属于后者。钱锺书、钱穆、华蘅芳、顾毓琇、荣宗敬、荣德生、薛福成、阿炳……无锡用他们奋斗的足迹织成了一张网。

一、湖

初到太湖，我没有看到湖上的云彩，只是隐约看到湖上的渔船、湖中小岛和一片茫茫的白雾，同时真切地感受到了太湖的大。或许是太湖开阔浩渺的胸怀孕育了无锡的名人大家。

和太湖相比，蠡湖就显得微不足道了。我站在水平如镜的湖边，仿佛看到了一叶小舟向我飘来，舟上的老者捻着胡须，脸上带着淡淡的笑容，轻声吟唱："飞鸟尽，良弓藏；狡兔死，走狗烹。"

二、绣

荡口古镇，一位戴着老花镜、和蔼可亲的老婆婆正专注地绣着一幅苏绣。那是一幅园林画，角落里的小草，好像钱穆旧居的酢浆草。没有阳光的照射，没有雨露的滋润，仍不屈地努力向上，茁壮成长。钱穆虽然中学都没有毕业，但这并不妨碍他通过自己的努力成为一代国学大师。看着这幅苏绣，耳畔响起的是"珍重珍重，这是我新亚精神"。

三、梅

初夏游梅园，错过了"万八千株芳不孤"的繁华，但看到了"绿叶成荫子满枝"。

荣德生建造的梅园，有小桥流水、假山石洞，但最吸引我的是灰白色石磨拼成的圆桌。石磨虽然已经满是裂痕，但它见证了荣氏兄弟创业的艰辛。

"一生低首拜梅花"，梅园里我仿佛看到一位穿着长衫的长者在煮酒论英雄。

四、泉

"惠山街，五里长。踏花归，鞋底香。"现在的五里街，没有桃花、杨柳，只有游人如织，还有琳琅满目的店铺。惠山寺浑厚悠扬的钟声引领着我来到天下第二泉。我没有看到流水淙淙，更没有听到泉水叮咚，但仿佛听到了激越、悲愤、苍凉的二胡声。阿炳从小学民乐，后来双目失明，但他的世界并没有黑暗，他拉出了著名的《二泉映月》。他把所有的感情都倾泻在了琴弦上。

太湖上的渔夫没有一网打尽无锡的景，但这次来无锡，我的心,却被无锡的这些名人一网打尽。

朴絮雨　朴絮语

袁子煊

　　无锡的天空,飘落下阵阵"雨点"。哟,落在脸上可不轻呢!抬头一望,一棵巨大的朴树遮住了湛蓝的天空。听,它开始说话了。

　　太湖,远近闻名。可是我去游赏时,却是灰蒙蒙的一片。不论是天空,还是湖水;不论是远处的青山,还是近处的垂柳,都失去了昔日的光彩。正当我疑惑之时,几叶渔舟划进了我的视线。真奇怪,这几叶毫不起眼的小舟,竟是太湖上最美的景象!我突然明白过来,这些舟上的渔翁,早已把太湖上的风光打尽,所以我看到的,只是一幅淡墨山水画!

　　太湖的风景既然被渔翁藏起来了,我就去大名鼎鼎的梅园。我的眼前,蓝天上飘着朵朵白云,四周的树木展现出最绿的样子,可惜梅花已谢,没有雪海,只有绿海。那几台让荣氏家族致富的磨盘,早已随着时光的流逝而变得破碎不堪。我还想从梅园发现些什么,可是什么也没有。豁然洞读书处空荡荡的,只有几篇作文挂在墙上……我又失望地离开了。

　　不知不觉,我来到了天下第二泉。忽然二胡声响起,转瞬之间我陶醉其中。我听到了流水潺潺、鸟儿鸣唱、林间松风,还有阿炳对明媚世界的向往……《二泉映月》响起的时候,我差一点被悲伤淹没。

最后我来到了寄畅园。一进门，我首先被潺潺溪流所吸引。这溪水清澈见底，沙石中，浮动着天上的云彩。清脆的流水声，伴着远方的钟声。这是多么令人舒畅的声音啊，真不愧是寄畅园！我太喜欢寄畅园了，真想在这里安家落户！

穿过朴树那独特的道别，我回头望着朴絮雨，回忆着朴絮语……

平凡，但不能平庸

张雨涵

一直以为"平凡"和"平庸"是近义词，表达的意思大致相同，直到听到傅老师关于东林书院那段平凡和平庸的话，我才发现并非如此。

平凡的人，或许不起眼，或许很平常，但他们从未失去自己的梦想；平庸的人，是碌碌无为的人，是每天都浑浑噩噩的人，他们对生活无所追求，他们没有梦想。

顾宪成是个平凡的人，他在大明朝不是显赫的高官，但敢于进谏忠言，不惜被削职为民。但他没有因此放弃自己的梦想，他后来重建了东林书院，成了讲台上永远的东林先生。

阿炳是一个平凡的人，双目失明且生活在社会底层，但他坚持着自己的梦想；也正因为他对音乐的不断追求，才有了《二泉映月》。

荣家的面粉厂刚建起时同样也平凡，只有四台石磨，但荣氏兄弟怀有梦想，信心坚定；也正因为他们的坚持，才有后来荣氏的飞黄腾达。

生活中，很多人都是平凡的人，但他们并不平庸，因为在他们的心灵深处，有一双无形的手，将他们渐渐托起，托向光明的地方。这双手的名字叫信念，叫梦想。

这个平凡的世界上，更多的人在从事着平凡的工作，每天过着平凡的日子。请坚信，平凡的人，最终会做出不平凡的成绩。

月　光

冯彦臻

泉水流动着，月光照在水上，风吹过，仿佛在拉奏《二泉映月》。

这月亮是烟波浩渺的太湖之上的那一轮明月，是余光中的《蠡湖》上曾经升起的圆月。

月亮从高空俯视着"锦汇漪"，那是阿炳的眼睛，池中的鱼儿是一个个跳跃的音符，池中的水草是二胡的琴弦。二泉，是阿炳的灵魂。阿炳早已从历史的后门消失，但他的灵魂化作了二泉的泉水留了下来。

梅园中的梅花傲然开着。月光下，荣德生从屋子里走了出来，向梅园深处走去，他欣赏着梅花，陷入沉思。

月光下，一个人坐在假山上阅读《三国演义》，那是少年钱穆。

千秋万岁名，寂寞身后事。钱锺书是无锡这棵树上最高的一片"叶",月光照在树叶上,月亮看见了"叶"的寂寞,想留下来,可惜太阳升了起来。

岳飞夜读《春秋》,月亮通过窗将月光照进,它见证了岳飞的死亡。

千百年来,人变了,物变了,月亮却还是那个月亮。它目睹了多少兴亡沧桑?目睹了多少人从历史的后门消失?

无锡石

付润石

无锡,是九十多年前成仿吾梦幻中的一片水世界。2019年,国语书塾的先生和童子们来到这里,在无锡的山水人文之间游学。

太湖之壮观,在无锡就能感受:无锡一面临湖,太湖的烟波浩渺尽现眼前。粼粼的湖光之上,几艘帆船正缓缓前行,在乳白色的雾中若隐若现。从泰伯开始,这里先后发生过锡山之战、吴越之战,孕育了吴文明。

我仿佛看见历史的伤心处浮出一艘小船,游于五湖之上;船上两人悠然自得,游过巨石峥嵘的鼋头渚,游过石块砌成的城墙,游过没有锡但有石有泉的锡山……是的,那就是遗世独立的范蠡,他飘然归隐,避开了文种的结局!如果说范蠡有水的智慧,那无锡人的追求却远过于此:我觉得无锡人有石头的坚硬!

我们特意登上了鼋头渚,这是一块伸入太湖的巨石。它如一只乌龟,背着一丛丛的碧绿卧在雾里;浪拍打着石岸,岸边绵延着杨柳的青翠，青丝垂入水面，搅动了一湖的诗意。微风吹拂着山林，也吹拂着我们。

1111年，山间的松树还在晨雾中酣睡，石板路上长着些许青苔，石板错落有致，向远处伸展着。身着长袍的杨时此时心里已藏着东林书院的事业了。什么是东林精神？今天东林书院旧址在维修，我们未能进去。但顾宪成的身影曾出现在这条路上，跟着高攀龙等人。那时离明亡不远了，而东林人试图力挽狂澜。他们齐声呐喊，不惜"头颅掷处血斑斑"，这成了明朝的绝唱……也许这就是东林精神。

鼋头渚是巨龟出水的模样，而梅园在永恒的龟面前绽放新生。那是一座山，而不是临水花园。漫步梅园，踏着石板路，仰望太湖石，仿佛能感受到荣德生如石头一般的骨气。青梅点点，融入周围的绿海中；微风阵阵，连接起一块块柔美的水彩颜料。梅开梅落，之于梅园，荣家从此是路人，但荣德生的救国之心永存。

荣氏是工商救国的践行者，而薛福成则是工商救国思想的先驱。

白墙黑瓦，重重叠叠；小桥流水，怡然自乐。江南第一豪宅的背后，是薛福成的救国之路；他深邃的眼神里，洋务运动已经如燎原之火展开了……

从梅园往北是惠山，而惠山亦多石。山脚下一处古老的石块砌成了天下第二泉，水平静地卧在井中，沉默不语。惠山寺悠长的钟声震动了树叶，树下，一个年轻人端坐着，他眼睛看不见了，但内心却如天下第二泉一样深邃。二胡的声音一起，整个寄畅园都静了，天地间只有这琴声，秦金也在倾听着。阿炳从哪里来，要到哪里去？我们知道他像水一样流畅、像石一样坚韧。今天的人没有见过当年的泉，这泉曾给故人什么灵感呢？……阿炳是泉之子！

谈到无锡的著名人物，还有"二钱"，即钱穆、钱锺书。

钱穆旧居在荡口。琅琅书声，声声入耳，一张张泛黄的图画记录了少年钱穆的故事。石砌的墙连接着石砌的地，一棵枫树在墙角长了出来。它已能遮阴，但毕竟还是一个年轻的生命，未能认识钱穆。但你看它，在贫瘠的土地上生长，仿佛百年前讲台上那个貌不惊人的教师。钱穆告诉枫树，只要努力，小人物也能有大成就。这也许就是新亚精神吧？枫树因而受到激励，倔强地生长着。

在薛福成故居附近，钱锺书故居的门半掩着，木制的雕刻活灵活现，大学者是不是从这里走向世界的？钱锺书是"一览众山小"的泰山，无数夜里他挑灯苦读的样子历历在目。他用管窥看西方社会，用锥刺穿古老文化。故居一角的蔷薇飘进窗子，爬过木制的花雕，在院中绽放着活力，好像蕴含着一个天堂。我猜钱锺书的心，此刻应该和蔷薇一般平静吧？

这条街四五百米远处，另一个人也曾迸发火星，他虽没有钱锺书深沉，却比他广博。

推开顾毓琇家的门，阳光洒满了院子，左边是一棵桂花树，右边也是一棵桂花树。青石板上覆着一层青苔，在阳光下格外清新。几十年前，顾毓琇就已经在为中华寻找出路了。他那时也许就是在这个院子中踱步，回忆岳飞精忠报国的故事；就是在这里，他仰望天空，最终成了电学大家。那句"弄电不辍手，行云本无踪"是一个星火，点燃了顾毓琇这颗炸弹……窗台上一个花盆中栽了一棵竹，横的斜的影子交错在一起，仿佛屋主人的知己。

国难当头时，无锡人各有各的选择。事迹不朽，人已无踪，是范蠡的选择；工商救国、慈善公益是荣氏兄弟的选择；致力学术或教育是钱穆、钱锺书、顾毓琇的选择……我们这些"后之览者"，真是"有感于斯文"。

无锡有太湖，因此有水的智慧、有湖的胸襟，但无锡人的骨气却如石头般坚硬。